BASTEI
LÜBBE

Taschenbücher von NICHOLAS MEYER
im BASTEI-LÜBBE-Programm

Aus den Memoiren von John H. Watson

13 596 Sherlock Holmes
und das Phantom der Oper
13 648 Sherlock Holmes
und der Fall des Sigmund Freud
13 703 Sherlock Holmes
und die Theater-Morde

# NICHOLAS MEYER

# SHERLOCK HOLMES UND DIE THEATERMORDE

Roman

Ins Deutsche übertragen
von Victoria Wocker
neu bearbeitet
von Stefan Bauer

BASTEI LÜBBE

BASTEI-LÜBBE-TASCHENBUCH
Band 13 703

Erste Auflage:
November 1995


Deutsche Lizenzausgabe 1995
Bastei-Verlag Gustav H. Lübbe
GmbH & Co., Bergisch Gladbach
Originaltitel:
The West End Horror

Lektorat: Stefan Bauer
Titelbild: Luis Royo / Norma
Agency, Barcelona
Vignetten und Zeichnungen von
Fabian Fröhlich
Umschlaggestaltung:
Quadro Grafik, Bensberg
Satz: KCS GmbH,
Buchholz/Hamburg
Druck und Verarbeitung:
Brodard & Taupin,
La Flèche, Frankreich
Printed in France

ISBN 3-404-13703-5

*Für Elly und Leonore*

## VORWORT

Zu den interessantesten Folgen der Veröffentlichung von *Sherlock Holmes und der Fall Sigmund Freud* gehört die Anzahl von Briefen, die ich – als Herausgeber – aus aller Welt erhalten habe. Wie ich zum Zeitpunkt seines Erscheinens voraussagte, ist das Manuskript Mittelpunkt einer hitzigen Kontroverse geworden, und Leser haben mir auf allen möglichen Sorten von Briefpapier und in unterschiedlicher Grammatik, Rechtschreibung und Interpunktion mitgeteilt, wie sie die Authentizität des Buches einschätzen. (Zu meinen Korrespondenten zählt unter anderen ein Oberschüler aus Juneau, Alaska, der mich eines Morgens – wohl in der Annahme, es sei in Los Angeles eine Stunde *später*, statt früher – in aller Herrgottsfrühe anrief, um mir zu verkünden, daß er mich für einen Schwindler halte.) Zu den eher bizarren Konsequenzen der Veröffentlichung gehört das Auftauchen einer Reihe anderer ›verlorengegangener‹ Watson-Manuskripte, nicht weniger als fünf an der Zahl, die mir sämtlich zur Beurteilung zugeschickt wurden. Die Absender der Manuskripte waren so mannigfaltig wie die erstaunlichen Inhalte: der Pilot einer Luftfahrtgesellschaft in Texarkana, Texas; ein in Argentinien lebender Diplomat; eine Witwe aus Racine, Wisconsin; ein in der Schweiz lebender Rabbi (sein Manuskript war auf italienisch verfaßt!) und ein pensionierter Herr unbestimmbaren Berufs in San Clemente, Kalifornien.

Alle diese Niederschriften waren lesenswert, und alle enthielten Hinweise auf ihre Herkunft, die ihr verspätetes Auftauchen und die Umstände ihrer Entstehung erklärten. Mindestens zwei von ihnen waren – wenn auch durchaus reizvoll – offensichtlich Fälschungen (eine davon eine getarnte Pornographie), eine dritte war eine dünn verschleierte, politische Abhandlung, eine weitere enthielt die Phantasien eines gestörten Geistes, den vierten Versuch, Holmes' jüdische Abstammung nachzuweisen (diese stammte *nicht* von dem schweizerischen Rabbi), und eine …

Der Fall, der dem Leser hier vorliegt, entstammt dem Manuskript einer Frau C. K. Verner aus Racine, Wisconsin. Bevor es mir zuging, erhielt ich folgenden, über meinen Verleger in New York an mich gesandten Brief:

Lieber Herr Meyer: 14. Dezember 1974

Ich habe mit aufrichtigem Interesse das von Ihnen herausgegebene Manuskript ›Sherlock Holmes und der Fall Sigmund Freud‹ gelesen. Mein verstorbener Mann Carl stammte von der Verner-Familie* ab, der, wie Sie wohl wissen werden, auch Sherlock Holmes angehörte.

* Emile Jean Horace Verner (1789–1863), Horace Vernet genannt, berühmter französischer Maler und Porträtist, war Sherlock Holmes' Großonkel.

Vielleicht würden Sie gerne einen Blick auf ein weiteres ›lange verloren geglaubtes‹ Manuskript Dr. Watsons werfen, nur daß dieses genaugenommen niemals verlorenging. Carl, mein Mann, hatte es von seinem Vater, dem es (wie er uns öfters erzählt hat) von Mr. Holmes persönlich vermacht worden war.

Es ist von Hand geschrieben und hier und da ein wenig schwierig zu entziffern, vor allem wegen des Wasserschadens, den es in den dreißiger Jahren erlitt, als Carls Vater nicht das Geld hatte, um das Speicherdach reparieren zu lassen.

Carls Vater, (Großpapa Verner,– er starb im Jahr '46) hat das Manuskript nie einem Verleger gezeigt, da aus seinem Anfang hervorgeht, daß Mr. Holmes es nicht veröffentlicht haben wollte. Inzwischen ist aber eine Menge Wasser den Berg hinuntergelaufen, und alle diese Leute sind ohnehin nicht mehr am Leben.

Ich habe letzte Woche in der Zeitung gelesen, was man gerade alles über Gladstones Privatleben herausgefunden hat, und ich kann mir nicht denken, daß dieses Manuskript mehr Schaden anrichten wird.

Carl ist im Februar letzten Jahres von mir gegangen, und wie Sie wissen, ist die Wirtschaftslage nicht besonders. Ich werde möglicherweise die Farm verkaufen müssen und könnte etwas Bargeld gut gebrauchen. Wenn Sie die Papiere sehen wollen und sich dafür interessieren, dann kommen wir sicher zu einer Verständigung über das Geld. (Ich werde allerdings wohl dem Beispiel Ihres Onkels Henry folgen und das Original verkaufen! Ich glaube, ich habe im TIME-Magazin den Namen eines Typen in New Mexico gelesen, der so was sammelt, und von dem er einen ordentlichen Batzen dafür gekriegt hat.)

Mit den besten Empfehlungen Ihre

(Frau) Marjorie Verner

Dies war der erste von zahlreichen Briefen, die zwischen mir und Mrs. Verner ausgetauscht wurden. Sie konsultierte auf meinen Rat hin ihren Rechtsanwalt, und dieses Individuum stellte sich (auf meine Kosten) als Kenner seines Faches heraus. Schließlich und endlich war aber alles geregelt, und ich flog nach Racine, um das Dokument abzuholen, von dem mehrere Fotokopien angefertigt worden waren.

Es war stellenweise außerordentlich schwer zu lesen und bot Probleme, die von denen seines Vorgängers gänzlich verschieden waren.

Das Wasser hatte enormen Schaden angerichtet. Hier und dort waren Worte, sogar ganze Sätze ausgelöscht und unentzifferbar. Ich war gezwungen, Spezialisten zu Rate zu ziehen (und möchte an dieser Stelle Jim Forrest und den Laboratorien der U.C.L.A.* meinen besonderen Dank aussprechen), die bei der Wiederherstellung fehlender Passagen technische Wunder vollbrachten.

Allerdings war oft alle Mühe umsonst. In solchen Fällen blieb mir nichts anderes übrig, als das Wort oder die Wendung einzusetzen, die mir den Satz oder die Seite zu ergänzen schienen. Ich habe mein Bestes getan, aber ich bin nicht Watson, und so wird der Leser gelegentlich Mißtöne entdecken. Für diese darf nicht der gute Doktor verantwortlich gemacht werden, sondern allein meine Wenigkeit. Ich habe erwogen, im Buch auf diese Passagen hinzuweisen, kam aber zu dem Schluß, daß solche Anmerkungen störend wirken würden. Ich bin sicher, daß die schwersten Verfehlungen ohnehin deutlich erkennbar sind und meine ungeschickte Hand preisgeben werden.

Vom Wasserschaden abgesehen, war das vertrackteste Problem die Datierung des Manuskriptes. Aus der Erzäh-

*University of California at Los Angeles (Anmerkung der Übersetzerin).

lung selbst geht hervor, daß sie am 1. März 1895 ihren Anfang nimmt. Den Zeitpunkt der Niederschrift festzusetzen, ist jedoch etwas ganz anderes. Es war (jedenfalls für mich) augenscheinlich, daß das Manuskript sehr viel später entstand. Watson spricht nicht nur von jahrelangen Pausen zwischen seinen Versuchen, Holmes' Zustimmung zu dem Projekt zu erlangen. Er weist auch darauf hin, daß der Tod mehrerer der Hauptfiguren sich zugunsten einer solchen Zustimmung auswirken mußte. Soweit die Namen dieser Personen nicht geändert wurden (und wie Holmes selbst bemerkt, war das praktisch unmöglich), sind die Daten ohne große Schwierigkeiten zu bestimmen. Sie lassen einen relativ späten Zeitpunkt für die Niederschrift, zweifellos nach 1905, vermuten. Die Tatsache allerdings, daß das Manuskript von Watsons eigener Hand stammt, macht ebenso klar, daß er noch nicht von Arthritis verkrüppelt war. Darüber hinaus läßt sich nicht leicht etwas sagen. Ich selbst habe das Gefühl – und es ist nicht mehr als das –, daß die ›*Theatermorde*‹ irgendwann nach dem Ersten Weltkrieg und vor Holmes' Tod im Jahre 1929 geschrieben wurden. Unter anderem halte ich ein so spätes Datum deshalb für wahrscheinlich, weil Watson – wie im Fall ›*Sigmund Freud*‹ (wenn auch nicht so häufig) – fortfährt, Dinge zu beschreiben, die offensichtlich nicht mehr existieren. Daß Watson nach Holmes' Tod nie versucht hat, das Manuskript wieder an sich zu bringen, legt die Vermutung nahe, daß seine eigenen Leiden ihn ereilt hatten (möglicherweise die ersten Attacken der lähmenden Arthritis, die ihn im letzten Jahrzehnt seines Lebens plagte) – ein weiteres Argument für eine späte Datierung.

Es wird dem Leser nicht entgehen, daß Watson sich auch in diesem Manuskript gelegentlicher ›Amerikanismen‹ bedient, und das bedarf, glaube ich, einer Erklärung. Leser, die der Echtheit von *Sherlock Holmes und der Fall Sigmund Freud* skeptisch gegenüberstehen, begründen ihre Argumente zum Teil auf diesen Amerikanismen, die ihnen ›verräterisch‹ erscheinen. Aber sie lassen zwei entscheidende Fakten außer acht. Erstens tauchen diese Amerikanismen in sämtlichen Berichten Watsons auf; zweitens gibt es dafür einen ganz einfachen Grund. Zwischen 1883 und 1886 arbeitete Watson als Arzt in San Francisco, Kalifornien, um einen Teil der Schulden seines Bruders abzahlen zu können. Wie jeder Kenner der ausgezeichneten Holmes- und Watson-Biographie von W. S. Baring-Gould* weiß, heiratete er dort seine erste Frau, Constance Adams. Um Holmes' Bemerkung zu Watson in *Sein letzter Fall* zu zitieren (nachdem er zwei Jahre in Amerika gelebt hatte): »Mein Born englischer Sprache scheint auf immer getrübt zu sein.« Soviel zu den Amerikanismen.

Was die Fußnoten angeht, so habe ich mich auch diesmal bemüht, sie auf ein Minimum zu beschränken; allerdings fanden sich so viele nachweisbare Fakten (die für die Echtheit des Manuskriptes sprechen), daß mir in vielen Fällen ihre Erwähnung unerläßlich erschien.

Abschließend noch eine kurze Anmerkung zur Echtheitsfrage. Wir haben keine Möglichkeit, solche Dinge zu beweisen. Gesunde Skepsis verlangt sogar, daß wir zweifeln. Die Entdeckung einer verschwundenen Niederschrift Watsons mag wie ein Wunder erscheinen; ein zweiter Fund ist schon ein recht verdächtiger Zufall. Zu meiner Selbstverteidigung erinnere ich daran, daß ich auf die eigentliche Auffindung beider Dokumente keinen Anspruch erheben kann und daß das zweite Manuskript,

* *Sherlock Holmes of Baker Street: A Life of the World's First Consulting Detective*, von William S. Baring-Gould, 1962 veröffentlicht im Verlag Bramhall House.

wie Mrs. Verner bereits feststellte, nicht wirklich verschwunden war.

In dieser Frage der Authentizität muß der Leser für sich selbst entscheiden, und ich bin mir im klaren darüber (und wie!), daß diese Erzählung Kontroversen auslösen wird. Zum Abschluß weise ich alle meine Leser auf jenes liebenswerte Gedicht Vincent Starretts hin, in dem er so schön sagt: »Nur was das Herz glaubt, ist wahr.«

Nicholas Meyer
Los Angeles
August 1975

# Einführung

»Nein, Watson, meine Antwort bleibt sich leider gleich«, sagte Sherlock Holmes. »Sie sind dabei, die ›*Theatermorde*‹ niederzuschreiben«, fuhr er fort und lachte leise über mein erstauntes Gesicht. »Machen Sie nicht solch große Augen, mein Lieber. Ihre Gedankengänge waren so einfach zu durchschauen. Ich sah Sie am Schreibtisch, wie Sie sich Ihre Notizen zurechtlegten. Dann kam Ihnen etwas vor Augen, das Sie vergessen hatten; Sie hielten inne, hoben es hoch, studierten es und schüttelten dabei den Kopf mit der ungläubigen Miene, die mir so vertraut ist. Dann wanderte Ihr Blick zu unserer Sammlung von Theaterprogrammen und danach zu meiner kurzen Monographie alter englischer Urkunden. Schließlich warfen Sie einen verstohlenen Blick auf mich, der ich ins Stimmen der Geige vertieft war. *Voilà.*« Er seufzte und strich zögernd den Bogen über die Saiten des Instruments auf seinen Knien. »Ich fürchte, die Antwort ist nach wie vor Nein.«

»Aber warum?« gab ich energisch zurück, ohne seinen geistigen Taschenspielereien weitere Anerkennung zu zollen. »Sie denken vielleicht, ich würde dem Fall nicht gerecht werden – oder Ihnen selbst?« Diese Bemerkung hatte einen ironischen Beigeschmack, denn seine anfängliche Kritik an meinen Bemühungen, seine Arbeit zu dokumentieren, war sehr scharf gewesen. Sie hatte sich zu etwas weniger als voller Anerkennung gemildert, nachdem ihm mit der Zeit klargeworden war, daß meine Berichte ihm eine nicht unbedeutende Menge willkommener Berühmtheit brachten. Der Gedanke daran schmeichelte seiner nicht unbeträchtlichen Eitelkeit.

»Im Gegenteil. Ich befürchte, *daß* Sie ihm gerecht werden.«

»Ich kann die Namen ändern«, schlug ich vor, denn mir wurde allmählich klar, wo das Problem lag.

»Eben das können Sie nicht.«

»Es wäre nicht das erste Mal.«

»Aber diesmal geht es nicht. Überlegen Sie doch, Watson! Noch nie haben wir so berühmte Klienten gehabt! Die Öffentlichkeit mag sich über die wahre Identität des Königs von Böhmen* streiten; sie mag sich über den wirklichen Titel des Herzogs von Holderness den Kopf zerbrechen. Aber in diesem Fall wären Zweifel nicht möglich – es gibt keine erfundenen Personen, mit denen Sie die Hauptfiguren in dieser Affäre ersetzen könnten. Um sie ausreichend zu tarnen und Ihre Leser in die Irre zu füh-

* Von Fachleuten lange Zeit für König Eduard VII. gehalten. Aber Michael Harrison hat kürzlich über jeden Zweifel hinaus bewiesen, daß es sich beim König von Böhmen in Wirklichkeit um Seine Durchlaucht, Prinz Alexander (›Sandro‹) von Battenberg, den ehemaligen König von Bulgarien, handelte.

ren, müßten Sie sich bis zum Hals in Fantasien verstricken.«

Ich gab zu, daß ich dieses Hindernis nicht in Betracht gezogen hatte.

»Außerdem«, fuhr Holmes fort, »müßten Sie auch unser Verhalten in der Sache wiedergeben. Man kann es zwar kaum als unethisch bezeichnen, aber auch nicht gerade als legal. Das Beiseiteschaffen einer Leiche ohne Wissen der Behörden ist eine klare Gesetzesübertretung und könnte in diesem Fall als Unterschlagung von Beweismaterial ausgelegt werden.«

Hier nahm – wie üblich – das Gespräch ein Ende, und ich räumte meine Notizen zu der ganzen unglaublichen Geschichte fort für den Tag, an dem ich – vielleicht in ein bis zwei Jahren – wieder auf sie stoßen und das Thema erneut anschneiden würde.

Holmes zu einer Sinnesänderung zu bewegen, wenn er sich einmal eine Meinung zu eigen gemacht hatte, kam dem Versuch gleich, die Richtung des Erdumlaufs zu ändern. Drehten sich seine Gedanken einmal auf ihrer Bahn, war es praktisch unmöglich, ihren Antrieb zu bremsen oder gar die Achse zu verschieben. Eine Idee setzte sich in seinem Gehirn fest, schlug dort Wurzeln und gedieh wie ein Baum. Dieser ließ sich nicht ausreißen, höchstens fällen – und auch das nur, wenn ihm ein besserer Gedanke kam. Zu jenem Zeitpunkt war er der unverrückbaren Überzeugung, daß die Welt für die ›*Theatermorde*‹ (wie er die Affäre gerne nannte) noch nicht reif und eine Enthüllung nur mit Folgen möglich war, die er zu vermeiden wünschte.

Eine Kombination von Umständen ließ ihn schließlich seine Meinung ändern. Der Ablauf der Jahre und das Ableben mehrerer Hauptfiguren sowie der sich ändernde Sittenkodex der Gesellschaft milderten allmählich seine

Halsstarrigkeit. Dann brachte ich ein geschicktes Argument vor, das ich mir zurechtgelegt hatte, um seine Furcht vor Veröffentlichung zu beschwichtigen.

Ich machte ihm klar, daß es mir in erster Linie darum ging, den Fall als historisches Material festzuhalten (er gab zu, daß dies von Nutzen sein könnte), nicht als Sensationsliteratur für die skandallüsterne Presse. Statt einen Verleger einzuschalten, bot ich Holmes das alleinige und ausschließliche Besitzrecht an dem Manuskript an, mit dem er tun konnte, was er wollte, *wann* er es wollte. Meine einzige Bedingung war, daß es nicht zerstört werden durfte.

Er zögerte nach diesem Angebot mehrere Tage, während derer er unsere Aussprache gänzlich vergessen zu haben schien (ich glaube, daß er wohl versuchte, sie zu vergessen), und beschäftigte sich mit seinem Kriminalarchiv, das ständiger Überprüfung bedurfte, um seinen Zweck erfüllen zu können. Ich setzte ihm nicht weiter zu, denn ich wußte, daß er die neue Möglichkeit überdachte, ohne weiteren Zuspruch von mir zu brauchen.

»Wie könnten Sie nur System in die Sache bringen?« fragte er mich eines Tages, als wir im türkischen Bad waren. »Die Liste der Personen und Ereignisse ist lang und diffus. Sie bietet Ihnen nicht die kompakte Symmetrie meiner typischeren Fälle, nicht die Art von Material, mit dem Ihnen zu arbeiten so leichtfällt.«

Ich erwiderte, daß ich einfach die Geschehnisse so niederschreiben würde, wie sie vorgefallen waren.

»Oho«, lachte er. »Sie bedienen sich der Schliche einfacher Schreiberlinge, wie? Niemand wird Ihnen Glauben schenken, das wissen Sie ja wohl.«

Ich reihte diese Bemerkung in meine Liste von Argumenten für eine Veröffentlichung ein und gab sie an ihn zurück. Er brütete in dem aufsteigenden Dampf darüber nach und sagte nichts weiter.

Eine weitere Woche verging, dann sah er ganz unvermittelt von seinem chaotischen Archiv auf und sagte gelassen: »Nun gut, Sie sollen Ihren Willen haben. Aber vergessen Sie nicht, mir das Manuskript zu geben, wie versprochen, wenn Sie fertig sind.

Ich traute mich nicht, eine Bemerkung zu machen, die ihn von seinem Entschluß hätte abbringen können, sondern stimmte ebenso gelassen zu. Und ich werde mein Versprechen auch halten, muß allerdings noch eine Bemerkung voranstellen: Da in den folgenden Fall eine große Anzahl britischer Bühnengrößen verwickelt ist, ist die Versuchung heute stark, sich beim Schreiben der Geschichte nachträglich vorhandener Kenntnisse zu bedienen, um zu behaupten, man habe immer schon gewußt, wer zur Größe bestimmt war, und dergleichen mehr*. Es wird dem künftigen Leser – sollte Holmes dieses Manuskript jemals aus der Hand geben! – auch auffallen, daß manche meiner damaligen Verdächtigungen schon ans Absurde grenzen. Ich werde der Versuchung widerstehen, diese meine Vermutungen zu verändern oder zu verwässern. Ich war damals wie heute der Meinung, daß eine machtvolle oder einflußreiche Stellung im Leben einen Verdächtigen nicht vor Nachforschungen schützen dürfe. Meine Verdächtigungen mögen heute lachhaft erscheinen, aber ich werde sie dennoch stehenlassen und die Geschichte so erzählen, wie sie sich abgespielt hat.

* Ein weiterer Beweis für ein spätes Niederschriftsdatum.

## KAPITEL EINS

## Zu Hause bei Sherlock Holmes

Londons gesamte Theaterwelt redete und rätselte über den Mord an Jonathan McCarthy, sobald die Nachricht davon in der Presse erschienen war. Es wimmelte von Theorien über den boshaften Kritiker und die vielen Feinde, die er sich mit seiner Feder geschaffen hatte. Aber Neugier, die unbefriedigt bleibt, stirbt schließlich an der Langeweile. McCarthys Mörder wurde nie ausfindig gemacht, geschweige denn gefaßt, und da sich keine neuen Fakten ergaben, sah sich die Polizei schließlich gezwungen, sich dem allgemeinen Publikum mit dem Eingeständnis zuzugesellen, daß sie auch nicht weiterwußte. Der Fall wurde nie abgeschlossen, aber die allgemeine Aufmerksamkeit wurde unvermeidlich von neueren Ereignissen abgelenkt. Der geheimnisvolle Tod einer Schauspielerin im Savoy-Theater beschäftigte dieselben Klatschmäuler wochenlang, und Scotland Yard wurde es recht leid, das sonderbare Verschwinden seines Polizeiarztes zu erklären, der unter Mitnahme zweier Toter aus dem Leichenschauhaus auf Nimmerwiedersehen verschwand. In McCarthys Fall übersah die Polizei denn auch den bizarren Schlüssel zur Lösung, den der Tote hinterließ (oder sie vergaß ihn, weil sie sich keinen Reim darauf machen konnte).

Wie hätte die Bevölkerung gezittert, wäre die Bedeutung dieses Schlüssels klargeworden! Statt müßig (oder im Fall der Polizei von Berufs wegen) an einer Affäre Interesse zu nehmen, die sie persönlich nichts anging, auch wenn sie voller Sensationen steckte, statt dessen also hätten sie sich – allesamt! – ganz real in ein Verbrechen von solcher Gräßlichkeit verwickelt gesehen, daß es drohte, das neunzehnte Jahrhundert mit einem Schandfleck zu versehen und den Lauf der gesamten Geschichte zu verändern.

Der Winter 94/95 war fürchterlich gewesen. Soweit die Erinnerung reichte, war London nie so eingeschneit worden; soweit die Erinnerung reichte, hatte niemals ein solcher Wind in den Straßen geheult, hatten sich keine solchen Eiszapfen an Regentraufen und Dachrinnen gebildet wie im Januar 1895. Das Wetter blieb den ganzen Februar über rauh und hielt die Straßenfeger unablässig und bis zur Erschöpfung auf den Beinen.

Holmes und ich blieben gemütlich zu Hause in der Baker Street. Keine neuen Fälle tauchten aus den Schneewehen auf, was wir mit unverhohlener Erleichterung begrüßten. Ich verbrachte die meiste Zeit damit, meine eigenen Notizen zu ordnen, nachdem ich zunächst einmal Holmes das Versprechen abgenommen hatte, sich chemischer Experimente zu enthalten. Ich wies ihn darauf hin, daß es bei mildem Wetter möglich war, sich dem Gestank, den er mit seinen Reagenzgläsern und Retorten verbreitete, durch Öffnen der Fenster und einem Spaziergang im

Freien zu entziehen, daß wir uns aber unweigerlich zu Tode frieren würden, sollte er sich seinem Steckenpferd gerade jetzt hingeben.

Darüber murrte er nicht wenig, hatte aber ein Einsehen und begnügte sich für eine Weile mit Scheibenschießen, einem seiner bevorzugten Vergnügen. Während ich am Schreibtisch saß und versuchte zu arbeiten, lag er für jeweils eine Stunde auf dem Roßhaarsofa, die Pistole zwischen den Knien, und entlud eine Runde nach der anderen auf die Wand über dem Holztisch, der seine Chemieapparaturen beherbergte.

Es war ihm gerade gelungen, den Namen *Disraeli* mit Einschußlöchern zu buchstabieren, als ihm auch dieser Zeitvertreib verweigert wurde. Mrs. Hudson klopfte an unsere Tür und teilte ihm mit unverblümten Worten mit, daß er die Nachbarschaft gefährde. Es gäbe, so sagte sie, Beschwerden von einer kränklichen alten Dame im Haus nebenan, die fürchtete, daß Holmes' Artillerieübungen sich schädlich auf ihre bereits geschwächte Konstitution auswirken könnten. Außerdem hatten die Einschüsse mehrere große Eiszapfen zu Fall gebracht, bevor diese zu einem harmlosen Umfang hatten schmelzen können. Einer dieser Stalaktiten hatte, so schien es, beinahe den Kopf des Müllmannes durchbohrt der nun unserer Hauswirtin mit einem Gerichtsverfahren drohte.

»Wirklich, Mr. Holmes, man sollte meinen, ein erwachsener Mann wie Sie würde besser mit seiner Zeit umzugehen wissen!« rief sie mit vor Erregung wogendem Busen. »All die schönen Bücher, die Sie haben und die nur darauf warten, gelesen zu werden. Und *da*« – sie zeigte auf mehrere verschnürte Pakete – »eine Menge, die Sie noch nicht mal ausgepackt haben.«

»Schon gut, Mrs. Hudson, Sie haben gewonnen. Ich werde mich in die Lektüre vertiefen.« Er geleitete sie mißmutig hinaus und kehrte mit einem verärgerten Seufzer zurück. Ich war froh, daß wir nicht länger Kokain im Hause hatten, denn in früheren Zeiten hätten solche Frustation und Langeweile ihn sofort Trost in diesem dubiosen Mittel suchen lassen. Statt dessen befolgte Holmes den Rat der Hauswirtin und begann mit einem kleinen Taschenmesser die Schnüre seiner Buchpakete durchzuschneiden und ihren Inhalt zu inspizieren. Er war ein Zwangsbibliophiler und kaufte ständig neue Bände, die er in unsere Wohnung schicken ließ, aber aus Zeitmangel niemals las. Jetzt hockte er sich in ihrer Mitte nieder und fing an, sich die Namen von Werken zu besehen, von denen er vergessen hatte, daß er sie besaß.

»Oh, Watson, sehen Sie nur«, hub er an, ließ sich dann aber ganz auf den Boden sinken, das Buch in der einen Hand, während er mit der anderen abwesend nach der Pfeife in der Tasche seines Morgenrocks fühlte.

Er verschlang das Buch zusammen mit mehreren Pfeifen Shag (beinahe so übelriechend wie einige seiner Chemikalien) und ging zu einem anderen Band über. Er hatte begonnen, sich für altenglische Charten zu interessieren, und bereitete sich nun auf ein ernsthaftes Studium des Themas vor. Diese Betätigung überraschte mich nicht besonders. Ich wußte, daß sein Interessengebiet weitreichend, vielseitig und gelegentlich etwas unkonventionell war. Er hatte eine Reihe obskurer Themengebiete gemeistert – Themengebiete, die mit der Arbeit des Kriminaldetektivs nichts zu tun hatten – und konnte sich (wenn er wollte) brillant über so verschiedenartige Dinge auslassen wie das Kriegsschiff der Zukunft, künstliche Bewässerung, die Motetten von Lassus und die Paarungsgewohnheiten des südamerikanischen Jaguars.

Jetzt waren es englische Charten, denen er sich mit derselben Leidenschaft widmete, mit der er seinen enormen

Intellekt bei anderen Betätigungen einsetzte. Er hatte sich offenbar schon vor einiger Zeit für sie erwärmt, denn die meisten der Bücher, die er angeschafft (und dann zu öffnen versäumt) hatte, behandelten diese ausgefallene Thematik, und nach Ablauf einer Woche war der Boden unseres Wohnzimmers mit ihnen geradezu gepflastert. Schließlich befand er sämtliche vorhandenen Werke als unzureichend für seine Zwecke und sah sich gezwungen, sich seinen Weg durch den Schnee ins Britische Museum zu bahnen, um Verstärkung herbeizuholen. Diese Beutezüge nahmen mehrere Nachmittage der letzten Februarwoche in Anspruch; die Nächte verbrachte er mit der sorgfältigen Übertragung seiner Notizen. Es war an einem kalten, sonnigen Morgen, dem 1. März, als er voller Widerwillen seinen Bleistift quer durchs Zimmer warf.

»Es hat keinen Sinn, Watson«, sagte er, »ich werde nach Cambridge fahren müssen, wenn ich mich mit dieser Sache ernsthaft befassen will. Hier gibt es einfach nicht genug Material.«

Ich gab zu bedenken, daß sein Interesse sich in eine Manie zu entfalten drohe, aber er schien mich nicht zu hören. Er begab sich auf die Jagd nach dem zu Boden geschleuderten Stift, um die Arbeit an den Notizen wieder aufzunehmen. Dabei verkündete er mit einer didaktischen Formalität, die in einem sonderbaren Kontrast dazu stand, daß er sich auf allen vieren befand: »Der Geist ist ein weites Feld, Watson. Es kann nur urbar gemacht werden, wenn es mit Vernunft bestellt und von Zeit zu Zeit brach gelassen wird. Ein Teil meines Geistes – der berufliche – macht zur Zeit Ferien. Während seiner Abwesenheit kultiviere ich einen anderen seiner Bereiche.«

»Was für ein Jammer, daß Ihr beruflicher Geist gerade außer Haus ist«, bemerkte ich, während ich durchs Fenster die Straße beobachtete.

Er folgte meinem Blick vom Boden aus. »Warum? Was sehen Sie?«

»Mir scheint, daß uns ein Besucher ins Haus steht, jemand, der sich für das Feld Ihres Intellekts interessiert, das zur Zeit brachliegt.« Draußen war – zwischen den Spaten der Schneeschaufler und dem Besen des Hausmädchens behende herankommend oder vielmehr heranhüpfend – eine der eigenartigsten Gestalten zu sehen, die mir je vor Augen gekommen waren.

»Er sieht mir ganz nach einem geeigneten Kandidaten für einen Besuch in Nummer zweihunderteinundzwanzig b aus«, fuhr ich fort, in der Hoffnung, meinen Freund von den Büchern abzulenken, die ihn so enttäuschten.

»Ich bin nicht in der Stimmung, Besucher zu empfangen«, erwiderte Holmes mißgelaunt und stieß die Fäuste in die Schlafrocktaschen. »Wie sieht er aus?« Die Frage kam automatisch über seine Lippen.

»Zunächst einmal trägt er keinen Mantel. Er muß von Sinnen sein, an einem solchen Morgen.«

»Kleidung?«

»Eine Gürteljacke und Knickerbocker – bei diesem Wetter! Sie sehen sogar auf diese Entfernung ziemlich abgetragen aus. Er rückt sich ständig die Manschetten zurecht.«

»Wahrscheinlich falsche. Alter?«

»Etwa vierzig, mit einem enormen, etwas rötlichen Bart – dieselbe Farbe wie sein Haar –, der ihm beim Gehen über die Schulter weht.«

»Größe?« Ich konnte hören, wie hinter mir ein Streichholz angezündet wurde.

»Ich würde sagen, eher groß, über Durchschnitt.«

»Gangart?«

Ich ließ mir Zeit, um den hüpfenden, springenden Gang des Neuankömmlings richtig zu beschreiben. »Der Mensch geht wie ein gigantischer bocksbeiniger Kobold.«

»Was? Das hört sich ja an, als sei es Shaw.« Holmes tauchte hinter mir auf. Seine Lebensgeister wurden in erheblichem Maße geweckt, während wir gemeinsam die herankommende Gestalt beobachteten. »Ja, wirklich, es ist Shaw. Ich will zum Teufel gehen, wenn das nicht Shaw ist!« rief er vergnügt. Die Pfeife hatte er zwischen die Lippen geklemmt. »Was in aller Welt lockt *ihn* an einem solchen Morgen ins Freie? Und wieso hat er sich anders besonnen und stattet mir einen Besuch ab?«

»Wer ist er?«

»Ein Freund.«

»Ein Freund?« Vertraut, wie ich mit dem Privatleben und den Gepflogenheiten Sherlock Holmes' war, nahm ich diese Äußerung mit dem größten Erstaunen entgegen. Von mir selbst, seinem Bruder und einigen berufsbedingten Bekanntschaften abgesehen, pflegte Holmes keinerlei Freundschaften. Der sonderbare Kauz dort unten war jetzt dabei, die Hausnummern sorgfältig zu studieren, bevor er auf unsere Türschwelle hüpfte und dort anhielt. Es wurde mehrere Male mit Nachdruck geschellt.

»Ich habe ihn vor ein paar Jahren bei einem Sarasate-Konzert* getroffen«, erklärte Holmes und wandte sich dem Zimmer zu, um hastig etwas Ordnung in unser Chaos zu bringen. Er stieß mit Fußtritten ein paar Bücher beiseite, um eine Art Pfad von der Tür zum Sessel am Kamin zu bahnen. Ich begleitete ihn nur noch sehr selten zu Konzerten oder in die Oper, da ich leichtere Formen der Unterhaltung vorzog, die ihm trivial erschienen.

»Wie ich mich entsinne, stritten wir uns ziemlich heftig über Sarasates Talent, versöhnten uns aber zum Schluß. Er ist ein hochbegabter Ire.« Holmes nahm die Pistole von

* Sarasate war zu jener Zeit ein gefeierter Geigenvirtuose. Für eine nähere (wenn auch nicht ganz korrekte) Beschreibung des Treffens s. Baring-Goulds Holmes-Biographie.

dem Sessel, den er unserem Gast anbieten wollte, und legte sie auf den Kaminsims. »Ein hochbegabter Ire, der noch nicht sein Metier gefunden hat. Aber er wird es finden. Sie werden auf alle Fälle Spaß an ihm haben. Er ist voll der sonderbarsten Ideen.«

»Woher wissen Sie, daß er hochbegabt ist?«

Vom Fuß der Treppe konnten wir eine gedämpfte Konversation – zweifellos zwischen unserem Besucher und Mrs. Hudson – vernehmen.

»Woher ich das weiß? Oh, das hat er mir selbst gesagt. Er neigt nicht dazu, sein Licht unter den Scheffel zu stellen. Außerdem«, er sah mich an, den Kohlenkasten in den Händen, »versteht er Wagner. Er versteht ihn durch und durch. Das allein bestimmt ihn für eine gloriose Laufbahn. Zur Zeit ist der Unselige so arm wie eine Kirchenmaus.«

Wir hörten nun schnelle Schritte die Treppe heraufkommen. »Was tut er?«

Das Klopfen an der Tür, das nun erklang, war von derselben Energie, die sich kurz vorher an unserer Klingel entladen hatte.

»Oh, Sie müssen sich vor ihm hüten, Watson. Sie müssen ihn im Auge behalten und einen weiten Bogen um ihn machen.« Er schüttete Kohle aufs Feuer und ging, verschwörerisch den Finger auf die Lippen legend, an mir vorbei zur Tür. »Er ist ein Kritiker.«

Damit öffnete er weit die Tür und ließ seinen Freund ein. »Shaw, mein lieber Freund, willkommen! Willkommen! Sie haben mich Dr. Watson erwähnen hören, der diese Räume mit mir teilt? Gut, gut. Watson, erlauben Sie mir, Ihnen Corno di Bassetto* vorzustellen, engen Freunden als Mr. Bernard Shaw bekannt.«

*** Shaw schrieb Musikkritiken unter dem Namen Corno di Bassetto.**

## KAPITEL ZWEI

## Einladung zu einem Auftrag

Mr. Bernard Shaws Ähnlichkeit mit einem groß geratenen Kobold verstärkte sich bei näherem Hinsehen. Seine Augen waren die blauesten, die ich je erblickt hatte, von der Farbe der Côte d'Azur. Sie zwinkerten heiter, solange er leicht dahinplauderte, und blitzten, wenn er sich erregte, was nicht selten vorkam, denn er war ein emotionaler Mensch und ein lebhafter Redner. Seine Gesichtshaut war von einem fast so kräftigen Rot wie sein Haar, und er besaß eine streitsüchtige breite Nase mit abgerundeter Spitze und bebenden, sich weitenden Nasenflügeln. Seine Redeweise paßte sich seiner Erscheinung an; sie hatte einen ganz leichten, ungemein wohlklingenden Anflug von Irisch.

»Bei Gott, mir scheint, Ihre Zimmer sind noch unordentlicher als meine«, begann er beim Überschreiten der Schwelle und nickte uns zu. »Immerhin sind sie etwas größer als meine Höhle. Das erlaubt Ihnen, bei aller Schlampigkeit kreativ zu sein.«

Diese Bemerkungen ärgerten mich. Ich fand es unziemlich, sich als Gast so einzuführen, aber irgendwie gelang es dem schalkhaften Lächeln, mit dem er mich bedachte, seinen Worten den Stachel zu nehmen. Holmes, der offenbar an seine brüske Art gewöhnt war, schien nichts gehört zu haben.

»Sie glauben gar nicht, wie angenehm Sie mich überraschen«, teilte er dem Kritiker mit. »Ich hatte die Hoffnung aufgegeben, Sie jemals zum Betreten dieser Räume überreden zu können.«

»Sie und ich haben eine Vereinbarung getroffen«, erinnerte Shaw ihn mit einiger Strenge, »ich sagte, ich würde Ihnen einen Besuch abstatten, sofern Sie einem Treffen der Fabian Society* beizuwohnen bereit wären.« Er nahm auf dem Sessel, den Holmes ihm anbot, Platz und streckte seine zierlichen Hände und überraschend mageren Beine nach der Wärme unseres Feuers aus.

»Ich fürchte, ich werde Ihre liebenswürdige Einladung weiterhin ablehnen.« Der Detektiv setzte sich ihm gegenüber. »Ich bin von Natur aus kein Vereinsmensch, und während ich herzlich gern bereit wäre, in harter Münze für einen Ihrer Vorträge über Wagner zu bezahlen, müssen Sie mir schon gestatten, die Menschenrasse auf meine eigene Weise zu reformieren.«

»Das nennen Sie Reform?« schnaufte der Ire. »Ha, Sie machen Unrecht in Einzelfällen wieder gut und kommen sich dabei vor wie ein fahrender Ritter des Mittelalters.« Holmes neigte leicht den Kopf, aber der andere schnaufte erneut. »Sie befassen sich nur mit den Resultaten von

* 1883/84 gegründete Gesellschaft sozialistischer Intellektueller, deren Mitglied Shaw war (Anmerkung der Übersetzerin).

Übelständen in der Gesellschaft, nicht mit den Ursachen, während wir Fabianer mit unserem Motto ›Erziehen, Handeln, Organisieren‹ versuchen, zu –«

Holmes lachte und hob eine bittende Hand. »Mein lieber Shaw, ersparen Sie mir zu dieser Morgenstunde Ihre Polemik. Ich nehme doch an, daß Sie an diesem frostigen Tag nicht zu Mohammed gekommen sind, um ihm die Philosophie des Sozialismus zu bringen.«

»Das würde Ihnen nichts schaden«, erwiderte Shaw gelassen. »Meine Eloquenz auf diesem Gebiet ist von denen, die es wissen müssen, als aufrüttelnd beschrieben worden.«

»Lieber nicht. Ich kann Ihnen kein Frühstück anbieten – es ist längst abgeräumt worden –, aber ich kann Ihrem rechten Ärmel ohnehin ansehen, daß Sie Eier und –«

Shaw inspizierte mit leisem Lachen seinen Ärmel. »Das ist das gestrige Frühstück. Ich kann sehen, daß Sie nicht unfehlbar sind. Wie tröstlich.«

»Hätten Sie gerne einen Kognak? Der würde die Kälte aus den Knochen vertreiben.«

»Und mein Leben um zehn Jahre verkürzen«, erwiderte der Kobold mit einem vergnügten Lächeln. »Danke, ich brauche nichts.«

»Sie tragen nicht zur Verlängerung Ihres Lebens bei, indem Sie bei diesem Wetter ohne Mantel herumlaufen«, stellte ich fest. Er lächelte dünn.

»Ich sah mich gestern genötigt, ihn zu versetzen, ein vorübergehender Notbehelf, bis in der nächsten Woche mein Gehalt eintrifft. Ein absurder Zustand für einen Mann mittleren Alters, finden Sie nicht auch? Kritiker werden nicht so hoch eingeschätzt, wie sie es verdient hätten.«

»Shaw schreibt für die *Saturday Review*«, ließ Holmes mich wissen, »und sie zahlt offenbar nicht mehr für Theaterbesprechungen, als der *Star* für Musikkritiken.«

»Nicht einen Shilling«, stimmte der Ire zu. »Könnten Sie mit zwei Guinees die Woche auskommen, Doktor? Ihre Schriftstellerei bringt Ihnen sicher beträchtlich mehr ein.«

»Warum probieren Sie es nicht mit etwas Lukrativerem?« schlug ich vor. »Sie könnten sich an einem Roman versuchen.«

»Ich habe mich an fünfen versucht und insgesamt achthundert Ablehnungsschreiben erhalten. Nein, ich werde fortfahren, Kritiken und Pamphlete zu schreiben und gelegentlich am Rande ein eigenes Stück herausbringen. Hat einer von Ihnen zufällig vor ein oder zwei Jahren eine Vorstellung von *Die Häuser des Herrn Sartorius, oder Heuchler* gesehen?« Wir schüttelten beide den Kopf. Was mich betraf, so hatte ich nie von dem Stück gehört.

Den Iren schien das weder zu überraschen noch zu verletzen. »Es hätte mich verwundert, wenn Sie ja gesagt hätten«, bemerkte er mit sarkastischem Humor, »obwohl es Ihnen in kommenden Jahren zur Ehre gereichen würde, dort gewesen zu sein. Es macht nichts, ich bleibe dabei. Schließlich« – er hob die Hand – »sind alle großen englischen Dramatiker irischen Ursprungs. Nehmen Sie Sheridan! Goldsmith! Nehmen Sie von den Zeitgenossen Yeats und Oscar Wilde! Alles Iren! Eines Tages wird Shaw diesem glanzvollen Pantheon angehören.«

Die Anmaßung des Menschen war unerträglich.

»Shakespeare war Engländer«, ließ ich mich leise vernehmen. Sofort erkannte ich, daß ich einen empfindlichen Nerv berührt hatte. Shaw erbleichte, sein Bart zitterte, und er sprang auf die Füße.

»Shakespeare?« Er rollte das Wort mit genüßlicher Verachtung auf der Zunge. »Shakespeare? Ein Scharlatan, der nicht den Verstand hatte, seine eigenen Handlungen zu erfinden, geschweige denn, sie auszuschmücken! Tolstoi hatte recht – Shakespeare ist nichts anderes als eine

Verschwörung akademischer Köpfe des 19. Jahrhunderts. Ich frage Sie: ›Küssen Menschen‹ wirklich ›Königreiche hinweg‹? Halten sie nicht so lange und so zäh an der Macht fest, wie sie nur können? Antonius und Kleopatra – was für ein unsägliches romantisches Gewäsch! Phrasendrescherei! Humbug! Sie waren ein Paar zynischer Politiker, wie sie im Buche stehen, diese beiden!«

»Aber die Poesie«, protestierte ich.

»Poesie – Unfug!« Er wechselte wieder die Farbe, diesmal zu einer scharlachroten Tönung, während er, gelegentlich über die Bücher am Boden stolpernd, durchs Zimmer tanzte. »Die Leute sprechen keine Poesie, Doktor! Nur in Büchern – und in schlechten Stücken! Der Mann hatte einen glänzenden Geist«, gab er, etwas ruhiger werdend, zu. »Aber er hätte seinen Intellekt nicht an Theaterstücke verschwenden dürfen. Er hätte Essays schreiben sollen. Fürs Theater hatte er kein Talent.«

Diese letzte Aussage war dermaßen verblüffend, daß ich glaube, Holmes und ich müssen ihn für einige Augenblicke einfach angestarrt haben – was er vorgab, nicht wahrzunehmen. Dann kam Holmes mit einem kurzen Lachen wieder zu sich.

»Sicherlich sind Sie heute morgen ebensowenig hierhergekommen, um über Shakespeare zu streiten, wie um es mit den Übeln des Kapitalismus aufzunehmen«, sagte er und füllte seine Pfeife aus dem persischen Pantoffel auf dem Kaminsims, »obwohl ich versucht bin, auf den Widerspruch zwischen Ihren Ansichten über Neuverteilung von Eigentum und Ihr eigenes Verlangen nach einer Gehaltserhöhung näher einzugehen.«

»Mit all diesem Gerede über Shakespeare«, erwiderte Shaw mit einem sauren Blick, »haben Sie mich vom Thema abgebracht. Was mein Gehalt angeht, so mögen Sie sich darüber mit Mr. Harris austauschen, wenn Sie glauben, daß Sie ihn ertragen können. Ich bin zu einem gänzlich anderen Zwecke hier.« Er machte eine Pause, ob des dramatischen Effekts willen oder einfach, um sich zu sammeln, konnte ich nicht sagen. »Es ist ein Mord geschehen.«

Schweigen füllte den Raum. Holmes und ich tauschten instinktiv Blicke, während Shaw uns mit offensichtlicher Befriedigung beäugte.

»Wer ist ermordet worden?« erkundigte Holmes sich ruhig und kreuzte, jetzt ganz Aufmerksamkeit, die Beine.

»Ein Kritiker. Lesen Sie nicht die Theaterbesprechungen? Nun ja, dann ist es Ihnen entgangen. Jonathan McCarthy schreibt für den *Morning Courant* – oder schrieb, sollte ich vielmehr sagen, denn er wird es nie mehr tun.«

Holmes hob einen Stoß Zeitungen auf, der neben seinem Sessel lag. »Mein Interesse beschränkt sich im allgemeinen auf die Todesanzeigen«, bekannte er, »aber eine solche Nachricht kann ich nicht –«

»Sie werden in den Zeitungen nichts finden – noch nicht«, unterbrach ihn Shaw. »Die ersten Nachrichten von der Tat zirkulierten diesen Morgen in der Redaktion der *Review*. Ich kam geradenwegs hierher, um Ihnen davon zu berichten.«

Während dieser Mitteilung bemühte er sich, sein scherzhaftes Gebaren beizubehalten, als sei er persönlich von solch grausigen Neuigkeiten nicht betroffen. Aber unter dem Galgenhumor konnte ich echte Sorge spüren. Vielleicht beunruhigte ihn der Mord an seinem Kollegen in einer Weise, die er sich selbst nicht eingestehen wollte.

»Sie kamen geradenwegs hierher«, echote Holmes und füllte mit gewandten Fingern seine Pfeife. »Mit welcher Absicht?«

Der Ire blinzelte überrascht.

»Das muß sich doch von selbst verstehen. Ich möchte, daß Sie die Angelegenheit gründlich untersuchen.«

»Ist sie denn so kompliziert? Ist die Polizei nicht gut genug?«

»Kommen Sie. Wir beide kennen die Polizei. Ich habe weder ein Bedürfnis nach ihren ungeschickten Methoden noch nach einer offiziellen Beschönigung der Tatsachen. Ich will eine ehrliche, unparteiische und vollständige Überprüfung der Sache. Ich lese nach wie vor Dr. Watsons Niederschriften Ihrer Aktivitäten im *Strand,* und ich möchte Sie gerne selbst in Aktion sehen. Reizt die Herausforderung Sie nicht? Der Mann wurde erstochen«, fügte er als Ansporn hinzu.

Holmes warf einen sehnsüchtigen Blick in Richtung seiner literarischen Recherchen, aber es war klar zu sehen, daß ihn gegen seinen eigenen Willen die Neugier gepackt hatte.

»Hatte er Feinde?«

Bernard Shaw lachte lang und herzlich.

»Das fragen Sie über einen Kritiker? Auf jeden Fall ist es doch wohl offenkundig, daß er mindestens einen hatte. Ich würde für McCarthy ein Dutzend veranschlagen.« Er blinzelte mir verschmitzt zu. »Er war noch unausstehlicher als ich.«

Sherlock Holmes dachte darüber eine Weile nach, dann erhob er sich abrupt und warf seinen Morgenrock ab.

»Kommen Sie, wir wollen uns die Sache jetzt gleich ansehen. Haben Sie die Adresse des unglückseligen Menschen?«

»South Crescent Nummer vierundzwanzig, in der Nähe des Tavistock Square. Einen Augenblick.«

Holmes wandte sich um und sah ihn an.

»Sie vergessen die Honorarfrage.«

»Ich habe noch nicht gesagt, daß ich den Fall übernehme.«

»Nichtsdestoweniger. Ich muß Ihnen sagen, daß ich

nicht imstande bin, Ihnen auch nur einen roten Heller für Ihre Dienste zu zahlen.«

»Ich habe schon für weniger gearbeitet, wenn mich der Fall reizte.« Er lächelte. »Schreiben Sie immer noch an Ihrer Wagnermonografie?«

»Ein Wagnerbrevier, ja.«

»Dann darf ich Sie vielleicht um eine signierte Kopie der Erstausgabe bemühen.« Holmes schlüpfte in Jackett und Mantel. »Wenn ich den Fall übernehme.« Auf dem Weg zur Tür blieb er stehen. »Was steckt wirklich hinter Ihrer Bitte, diese Angelegenheit zu untersuchen?«

Der Kobold warf die Hände in die Luft. »Die Befriedigung meiner eigenen Neugier. Ich gebe Ihnen mein Wort. Wenn Doktor Watson seinen Teil der Miete für diese Räume mit Prosabeschreibungen Ihrer Arbeit zahlt, dann kann ich vielleicht ein Gleiches tun, indem ich Sie auf die Bühne bringe.«

»Gott bewahre!« erwiderte Holmes, während er die Tür für uns aufhielt. »Ich habe jetzt schon kaum ein Privatleben.«

## KAPITEL DREI

## In South Crescent

»Nun, Watson, was halten Sie von ihm?« fragte mich mein Begleiter. Wir hatten gemeinsam eine Droschke zu Nummer vierundzwanzig South Crescent genommen, wo Shaw uns treffen sollte. Er hatte in der Zwischenzeit andere Dinge zu erledigen. Ich hüllte mich enger in meinen Mantel und zog zum Schutz gegen den schneidenden Wind meinen Schal höher, bevor ich ihm antwortete.

»Was ich von ihm halte? Ich muß bekennen, ich finde ihn unerträglich. Holmes, wie können Sie nur das Gerede dieses Besserwissers erdulden?«

»Ich nehme an, er erinnert mich an Alceste. In jedem Fall amüsiert er mich so sehr wie Alceste. Finden Sie ihn nicht stimulierend?«

»Stimulierend?« protestierte ich. »Kommen Sie, Sie glauben doch nicht im Ernst, Shakespeare hätte besser Essays schreiben sollen?«

Holmes lachte vor sich hin. »Nun, Sie müssen zugeben, daß ich Sie vor seinen ausgefallenen Ideen gewarnt habe. Mit Shakespeare haben Sie leider gerade den wunden Punkt getroffen. Ich gestehe ein, daß seine Ansichten zu dem Thema sich außerordentlich ungereimt anhören. Aber seine Vorurteile lassen sich erklären. Er liest Dramen nicht wie Sie, Watson, sondern um seinen eigenen Geist an dem anderer zu messen. ›Und solche Männer haben nimmer Ruh, solang sie jemand größer sehn als sich.‹«

»›Das ist es, was sie so gefährlich macht‹«, zitierte ich weiter. Ich blickte durchs Fenster auf das verschneite London und dachte darüber nach, ob der große Kobold gefährlich sein könnte. Er war zweifellos gewandt genug mit Worten, um sie in tödliche Waffen verwandeln zu können, aber es war etwas so schelmisch Liebenswertes an dem Mann, daß ich es schwierig fand, mir eine Meinung über ihn zu bilden.

»Hier sind wir«, rief mein Begleiter und riß mich damit aus meinen Träumereien. Wir befanden uns in Bloomsbury, in einem hübschen, wohlgepflegten Halbrund von Häusern, denen ein ebenso wohlgepflegter Privatpark gegenüberlag. Das Gelände war zur Zeit von Schnee bedeckt, aber die Umrisse eines formal angelegten Gartens waren erkennbar und veränderten die Konturen der Schneewehen. Die Häuser selbst waren vierstöckig und weiß gestrichen. Es waren alles Pensionen, aber ich sah keine Schilder, die freie Zimmer ankündigten, und kam zu dem Schluß, daß die Gegend dafür zu gut und zu teuer sei. Nummer vierundzwanzig befand sich in der Mitte des Halbkreises. Sie unterschied sich in Nichts von den Nachbarhäusern, abgesehen von der davor versammelten Menge und den uniformierten Polizisten, die den Neugierigen den Weg zur offenstehenden Haustür versperrten.

»Mir schwant, daß wir in Bälde einen alten Freund treffen werden«, murmelte Holmes, während wir die Droschke verließen. Es war nicht schwierig, Einlaß zu Nummer vierundzwanzig zu erlangen, da Holmes den Polizisten wohlbekannt war. Sie glaubten, er sei als beratender Detektiv hinzugezogen worden, und er machte keine Anstrengungen, ihnen diesen Glauben zu nehmen.

Die Wohnung des Ermordeten bestand aus einer den Park überblickenden Suite von Räumen im ersten Stock, die von der Treppe aus schnell erreicht war. Wir hatten die (angelehnte) Tür noch nicht geöffnet, als unsere Ohren bereits eine vertraute Stimme vernahmen:

»Nun, wenn das nicht meine alten Freunde Mr. Holmes und Dr. Watson sind! Was bringt die Herren zum South Crescent? Als wenn ich es nicht wüßte! Treten Sie ein, treten Sie ein!«

»Einen schönen guten Morgen, Inspector Lestrade. Dürfen wir uns das Durcheinander ansehen?«

»Woher wissen Sie, daß es welches gibt?« Der dürre, frettchenhafte kleine Mann ließ seine Blicke zwischen uns hin- und hergleiten. »Es war doch wohl nicht Gregson*, der Sie hergeschickt hat, oder? Dieser unverschämte Kerl wird von mir etwas zu –«

»Er war es nicht, ich gebe Ihnen mein Wort«, besänftigte ihn Holmes. »Ich habe meine eigenen Quellen, und sie scheinen zuverlässig genug. Dürfen wir uns ein wenig umsehen?«

»Ich habe nichts dagegen«, war die hochtrabende Antwort, »aber Sie beeilen sich besser. Brownlow und seine Jungs können jede Minute hier sein, um die Leiche abzuholen.«

* Inspector Tobias Gregson, ebenfalls von Scotland Yard. Zwischen Gregson und Lestrade bestand eine jahrelange Rivalität. Alles in allem hielt Holmes von dem ersteren mehr.

»Wir werden uns bemühen, Ihnen nicht in die Quere zu kommen«, erwiderte der Detektiv und begann von seinem Standort aus eine flüchtige Untersuchung der Wohnung.

»Übrigens hatte ich daran gedacht, etwas später bei Ihnen vorbeizuschauen«, bekannte der Scotland-Yard-Mann, ohne Holmes aus den Augen zu lassen. »Auf eine Tasse Tee«, fügte er nachdrücklich hinzu, offenbar mit Rücksicht auf einen jungen Wachtmeister mit sandfarbigem Haar, der sich als einziger noch im Zimmer befand.

»Sie können wohl nicht schlau werden aus der Sache, wie?« Holmes trat ins Zimmer und schüttelte den Kopf über den Zustand, in den Inspector Lestrade und seine Leute den Teppich versetzt hatten. »Werden sie es denn nie lernen?« hörte ich ihn murmeln, während er sich umschaute.

Das Zimmer war zugleich Bibliothek und Wohnraum. Mit Büchern reich ausgestattet, fand sich auch ein Teetisch darin, auf dem jetzt zwei Gläser standen, die offenbar Kognak enthielten. Ein Glas war umgefallen, aber nicht zerbrochen, und die bernsteinfarbene Flüssigkeit war nicht ausgelaufen. Daneben lag eine lange, sonderbar geformte Zigarre in einem Messingaschenbecher, in dem sie ungeraucht erloschen war.

Hinter dem Tisch stand eine Chaiselongue und hinter dieser, dem Fenster gegenüber, der Schreibtisch des Toten. Er war mit Papieren bedeckt, die – soweit ich mit einem schnellen Blick feststellen konnte – alle mit seinem Beruf zusammenhingen. Es waren Programmhefte, Theaterkarten, Bekanntmachungen von Umbesetzungen, außerdem eine für schnelles Nachschlagen übersichtlich angeordnete Sammlung seiner eigenen Besprechungen. Neben den Papieren lag eine gedruckte Einladung zur zwei Tage später im Savoy stattfindenden Premiere eines Stückes mit dem Titel *Der Großherzog*.

Alle von Bücherregalen freien Wände waren mit Porträts diverser Theaterleute geradezu tapeziert. Einige waren Fotografien, andere Bleistift- oder Tintenzeichnungen, aber alle trugen die Signatur der Dargestellten. Man wurde überflutet von den Beweisen allseitiger Zuneigung und eingeschüchtert von den Abbildungen von Forbes-Robertson, Marion und Ellen Terry, Beerbohm-Tree und Henry Irving, die mit düsteren oder starren Blicken theatralisch auf den Besucher hinuntersahen.

All dies aber – die Bücher, der Schreibtisch, die Bilder und der Tisch – waren nichts als die Kulissen für das ›pièce de théâtre‹. Jonathan McCarthys Leichnam lag auf dem Rücken, zu Füßen einer Gruppe von Regalen, die Augen offen und starr, das schwarzbärtige Kinn herabgesunken, den Mund weit geöffnet in einem entsetzlichen, lautlosen Aufschrei. McCarthys dunkelhäutige Erscheinung war schon als solche nicht anziehend, aber zusammen mit seinem Ausdruck im Tode ergab sich ein wahrhaft grauenvolles Bild. Mir ist selten ein so entnervender Anblick zuteil geworden. Der Mann hatte eine Stichwunde in der linken Seite, etwas unterhalb des Herzens, und hatte ausgiebig geblutet. Die tödliche Waffe war nirgendwo zu sehen. Ich kniete nieder, untersuchte die Leiche und kam zu dem Schluß, daß das Blut auf der seidenen Weste und auf dem Orientteppich getrocknet war. Der Leichnam war kalt und zum Teil bereits erstarrt.

»Die anderen Zimmer sind wohl unangetastet?« erkundigte sich Holmes hinter mir. »Keine Schrift an der Wand?«

»Bei Gott, Sir, Sie haben ein gutes Gedächtnis.«* Le-

* Im Jahre 1881 wurde das Wort ›Rache‹, in Blut geschrieben, an der Wand eines leeren Hauses in Lauriston Gardens gefunden. Der einzige andere Gegenstand von Interesse war der Leichnam eines kurz

strade lachte. »Nein, die einzige Schrift an der Wand ist auf diesen Bildern. Es hat sich alles hier drinnen abgespielt, das steht fest.«

»Was sind die Tatsachen?«

»Er wurde vor etwa zweieinhalb Stunden in diesem Zustand aufgefunden. Das Mädchen kam mit seinem Frühstück herauf, klopfte an die Tür und nahm sich, als sie keine Antwort erhielt, die Freiheit, einzutreten. Er hat, wie es scheint, schon mehr als einmal die Zeit verschlafen. Was den Ablauf der Geschehnisse angeht, so wissen wir darüber weitestgehend Bescheid. Er hat gestern abend Besuch gehabt – allerdings kam er spät nach Hause und benutzte seinen eigenen Schlüssel, so daß niemand seine Begleitung gesehen hat. Sie setzten sich zu Brandy und Zigarren hier an den Tisch, wo sich dann ein Wortwechsel entwickelt haben muß – wer immer es auch war, er langte hinter sich nach dem Schreibtisch und ergriff das hier.« Lestrade machte eine Pause und streckte seine Hand aus. Der junge Wachtmeister, der auf dieses Stichwort nur gelauert hatte, reichte ihm ein in ein Taschentuch gewickeltes Objekt. Lestrade legte es vorsichtig auf den Tisch, faltete das Tuch auseinander und enthüllte einen Brieföffner aus Elfenbein; auf der gelblichen Klinge und dem schön gearbeiteten Silbergriff waren braunrote Spritzer.

»Javanisch«, murmelte Holmes, während er den Öffner durch sein Vergrößerungsglas begutachtete. »Sie sagen, es lag auf dem Schreibtisch? Ah, ja, hier ist die Hülle. Ich bitte, fahren Sie fort.«

»Wer immer es war«, stellte Lestrade mit gewichtiger

zuvor ermordeten Mannes. Watsons Bericht unter dem Titel *Eine Studie in Scharlachrot* war die erste Niederschrift eines Holmes-Falles. Er wurde in ›Beeton's Christmas annual‹ von 1887 unter dem Namen Dr. A. Conan Doyle, Watsons literarischem Agenten, veröffentlicht.

Miene fest, »ergriff den Brieföffner und erstach seinen Gastgeber, wobei er sein Kognakglas umwarf. McCarthy brach am Fuß des Tisches zusammen, während der andere seine brennende Zigarre zurückließ und floh. McCarthy blieb für eine geraume Zeit unter dem Tisch liegen – Sie können die beträchtliche Blutlache sehen – und kroch dann mit letzter Kraft zu diesen Bücherregalen –«

»Soviel ist offensichtlich«, bemerkte Holmes trocken und wies auf die grauenhafte, scharlachfarbene Spur, die unmittelbar zur Leiche führte. Er trat vor, nahm vorsichtig die Zigarre auf und hielt sie mit leichtem Griff um die Mitte. »Diese Zigarre ist es weniger. Ich kann mich nicht entsinnen, so etwas je gesehen zu haben. Sie vielleicht, Lestrade?«

»Jetzt werden Sie mir von all den Aschensorten erzählen, die Sie erkennen können«, höhnte der Inspector.

»Im Gegenteil, ich versuche, Ihnen von einer zu erzählen, die ich nicht kenne. Kann ich ein wenig davon behalten?« Er hielt die Zigarre hoch.

»Wie Sie wünschen.«

Holmes neigte zum Dank leicht den Kopf. Er zog sein Taschenmesser, lehnte sich auf die Tischkante und schnitt sorgfältig ein zentimeterlanges Stück von der Zigarre ab; dann legte er den Stummel an seinen Platz zurück und verstaute die Probe so, daß sie nicht zerdrückt werden konnte. Er richtete sich auf, um eine neue Frage zu stellen, als von unten Lärm zu hören war, dem ein donnernder Eilschritt treppaufwärts folgte. Shaw erschien, atemlos, aber triumphierend.

»Na, Mensch«, rief er, »Ihr Name ist so gut wie ein Freipaß! Also, wo ist der Kadaver?«

»Und wer ist dieser Herr?« schnarrte Lestrade und blickte furchtlos zu Shaws Bart empor.

»Es ist in Ordnung, Inspector Lestrade. Er ist ein Kollege

des Verstorbenen, Mr. Bernard Shaw von der *Saturday Review.*« Die beiden Männer verbeugten sich leicht.

»Unten ist ein Polizeiwagen mit einer Bahre eingetroffen«, teilte Shaw Lestrade mit.

»Sehr gut. Nun, meine Herren, wie Sie sehen –«

»Sie haben ihm noch nichts von dem Buch gesagt, Inspector«, unterbrach der junge Wachtmeister schüchtern. Er war jeder Bewegung Holmes' mit eifrigem Interesse gefolgt, beinahe als versuche er, sich seine Handlungen einzuprägen.

»Ich war ja gerade dabei!« erwiderte Lestrade, der immer gereizter wurde. »Bleiben Sie nur schön im Hintergrund, junger Mann. Halten Sie die Augen offen, und Sie werden etwas lernen.«

»Jawohl, Sir. Entschuldigen Sie, Sir.«

Sein Vorgesetzter grunzte. »Also, wo war ich stehengeblieben?«

»Sie waren dabei, uns das Buch zu zeigen, das McCarthy unter Aufwand seiner letzten Kräfte hervorsuchte«, erinnerte Holmes ihn mit ruhiger Stimme.

»Oh, ja.« Der kleine Mann ging, um den Band zu holen, dann drehte er sich um. »Einen Augenblick. Sagen Sie mal, woher wußten Sie, daß er nach einem Buch suchte, bevor er starb?«

»Aus was für einem anderen Grund würde er sich so heroisch bemüht haben, zu den Bücherregalen zu gelangen«, erwiderte Holmes geduldig. »Es ist ein Werk Shakespeares, nicht wahr? Mir scheint, daß einer der Bände fehlt.«

Ich ließ instinktiv einen Blick zu Shaw hinübergleiten, der diese Information mit einem verächtlichen Schnaufen zur Kenntnis nahm und begann, auf eigene Faust den Raum zu untersuchen.

»Tun Sie mir den Gefallen und zertrampeln Sie nicht

die Indizien«, gebot Holmes in scharfem Ton und winkte ihn zu uns. »Können wir das Buch sehen?«

Lestrade nickte dem Wachtmeister zu, der ein weiteres Objekt, wieder in ein Taschentuch gewickelt, zum Vorschein brachte und auf den Tisch legte. Vor uns lag *Romeo und Julia*, offensichtlich Teil der Oxford-Gesamtausgabe, die auf dem Bücherregal über der Leiche stand. Holmes nahm wieder das Vergrößerungsglas zur Hand und vollzog, die Lippen vor Konzentration gespitzt, eine sorgfältige Untersuchung des Buches.

»Mit Erlaubnis, Sir.« Es war wieder der Wachtmeister.

»Ja.«

»Es war aufgeschlagen, als wir es fanden.«

»Tatsächlich?« Holmes warf Lestrade, der verlegen von einem Fuß auf den anderen trat, einen durchdringenden Blick zu. »Und an welcher Stelle?«

»Das Buch war nicht in seinen Händen«, erwiderte der kleine Mann abwehrend. »Er ließ es fallen, als er starb.«

»Aber es war aufgeschlagen.«

»Ja.«

»Auf welcher Seite?«

»Irgendwo in der Mitte«, brummte Lestrade. »Es ist ein ganz gewöhnliches Buch«, fügte er verdrießlich hinzu. »Keine Geheimbotschaften im Rücken, sollte es das sein, woran Sie denken.«

»Ich denke überhaupt nicht«, erwiderte Holmes. »Ich beobachte. Sie haben das offenbar unterlassen.«

»Es war Seite zweiundvierzig«, ließ sich der Wachtmeister vernehmen. Holmes schenkte ihm einen interessierten Blick, dann begann er sorgfältig die blutbefleckten Seiten umzuwenden.

»Sie sind mit Eifer dabei«, stellte er fest, während er Blatt für Blatt studierte. »Wie lange sind Sie schon aus Leeds fort? Fünf Jahre?«

»Sechs, Sir. Nachdem mein Vater –«, der Wachtmeister hielt verwirrt inne und starrte den Detektiv überrascht an.

»Also, Holmes«, mischte sich sein Vorgesetzter ein, »wenn Sie den Burschen kennen, warum sagen Sie es dann nicht?«

»Es ist nichts Besonderes, auf seinen Geburtsort zu schließen, Lestrade. Sicherlich sind auch Ihnen nicht seine ausgeprägten *As* und seine ungewöhnliche Aussprache von Diphthongen entgangen. Ich würde Leeds, vielleicht auch Hull vermuten, aber er hat, wie er sagt, seit sechs Jahren in London gelebt und sich eine Spur des örtlichen Dialekts angeeignet. Sie leben jetzt in Stepney, nicht wahr, Wachtmeister?«

»Jawohl, Sir.« Die Augen des Wachtmeisters waren ehrfurchtsvoll aufgerissen. Shaw seinerseits war dem ganzen Gespräch mit einem Ausdruck größter Aufmerksamkeit gefolgt.

»Das ist ja wunderbar!« rief er. »Wollen Sie wirklich sagen, daß sie die Herkunft eines Mannes anhand seiner Sprache bestimmen können?«

»Wenn es Englisch ist, bis auf zwanzig Meilen genau.* Ich hätte erkannt, daß Sie aus Dublin stammen, auch wenn Sie versuchten, das zu kaschieren«, antwortete Holmes. »Ah, hier sind wir, Seite zweiundvierzig. Es ist der Schluß von Akt drei, erste Szene.«

»Der Zweikampf zwischen Tybalt und Mercutio«, ließ Shaw Lestrade wissen, der offensichtlich noch immer

* Im Jahre 1912 schrieb Shaw *Pygmalion*, ein Stück über einen exzentrischen Junggesellen mit der Gabe, die Herkunft von Menschen an ihrer Sprache zu erkennen, das ganz offensichtlich von Holmes inspiriert war. Dr. Watson findet sein Gegenstück in Colonel Pickering, der, wie Watson, seinen Hausgenossen nach seiner Rückkehr aus Indien getroffen hat.

über Holmes' linguistisches Bravourstück nachsann. Holmes blickte ihn über das Buch hinweg eindringlich an, woraufhin der Ire sich leicht verfärbte.

»Nun ja, natürlich habe ich es gelesen«, schnappte er. »Romantisches Gewäsch«, fügte er, an niemanden im besonderen gerichtet, hinzu.

»Ja, der Tod Mercutios – und Tybalts. Hm, ein sonderbarer Hinweis.«

»Sollte es einer sein«, beharrte Lestrade. »Das Buch war, wie ich schon sagte, nicht in seiner Hand, und die Seiten konnten in der Zwischenzeit auseinandergefallen sein.«

»Das konnten sie«, stimmte Holmes zu. »Aber da sich keine Botschaft zwischen den Seiten findet, müssen wir davon ausgehen, daß er uns mit dem Buch selbst etwas mitteilen wollte. Es kann den Mann kaum die Laune überfallen haben, sich mit ein wenig Shakespeare die Zeit zu vertreiben, während er sich zu Tode blutete.«

»Kaum möglich«, meinte auch Shaw. »Nicht einmal McCarthy wäre einer solchen Geste fähig gewesen.«

»Es scheint Sie nicht weiter zu beunruhigen, was dem Verstorbenen widerfahren ist«, stellte Lestrade mißtrauisch fest.

»Mich beunruhigt nichts als die Tatsache, daß er sich zum Schluß in Shakespeare vertieft hat. Der Mann war ein Scharlatan und eine Natter und hat sein Ende verdient.«

»Shakespeare?« Lestrade war nun ganz perplex.

»McCarthy.« Shaw zeigte auf die Fotografien und Skizzen. »Sehen Sie diese Inschriften an der Wand? Lügen alle miteinander, das will ich beschwören. Aus Angst entstandene Lügen.«

»Angst wovor?«

»Schlechten Kritiken, bösartigem Klatsch, gedruckten

oder ungedruckten Skandalen. McCarthy hielt seine Ohren gespitzt. Dafür war er berüchtigt. Erinnern Sie sich an den Selbstmord von Alice Mackenzie vor etwa drei Jahren? Sie spielte die Hauptrolle in diesem Ding von Herbert Parker im *Allegro*.* Ihr Tod war mit aller Wahrscheinlichkeit das Resultat eines Artikels, der den Namen dieses Schurken trug.«

Sherlock Holmes hörte nicht zu. Er fuhr fort, von uns beobachtet, den Raum einer gründlichen Inspektion von der Art zu unterziehen, wie sie nur ihm zu eigen war. Er kroch, das Vergrößerungsglas vor der Nase, auf allen vieren umher; er untersuchte die Wände, die Regale, den Schreibtisch, den Tisch, die Chaiselongue und schließlich, mit äußerster Präzision, den Leichnam selbst. Er begleitete diese Inspektionsrunde, die zehn Minuten oder etwas länger dauerte, mit einer ununterbrochenen Serie von Pfiffen, Ausrufen und Brummtönen. Einen Teil dieser Zeit verwendete er auf die Untersuchung der anderen Zimmer. Allerdings war seinem Ausdruck zu entnehmen, daß Lestrades Angaben in dieser Hinsicht korrekt waren und die Tragödie sich allein auf die Bibliothek beschränkte.

Endlich richtete er sich mit einem Seufzer auf. »Sie müssen wirklich lernen, das Beweismaterial nicht zu berühren«, teilte er Lestrade mit. Dann wandte er sich dem jungen Wachtmeister zu.

»Wie heißen Sie?«

»Stanley Hopkins, Sir.«

»Hören Sie, Hopkins, ich bin der Meinung, daß Sie es

* Hier hat Watson – möglicherweise auch Shaw – frei erfunden. Es findet sich keinerlei Erwähnung eines Skandals, in den dieses Theater, der Autor oder die Schauspielerin verwickelt waren. Dennoch mag sich eine Tragödie abgespielt haben, aber in diesem Fall müssen die Namen geändert worden sein.

weit bringen werden*, aber das Buch hätten Sie nicht berühren dürfen. Es hätte einen entscheidenden Unterschied gemacht, wäre ich in der Lage gewesen, die Relation zwischen des Mannes Fingerspitzen und dem Buch zu sehen. Verstehen Sie?«

»Ja, Sir. Ich werde dafür sorgen, daß so etwas nie wieder vorkommt. Keiner von uns hat den Leichnam berührt«, versicherte er in dem tapferen Versuch, sich in den Augen des Detektivs zu rehabilitieren.

»Guter Junge. Nun, meine Herren, ich glaube, das ist wohl alles.«

»Und was haben Sie mit all Ihrem Kriechen und Herumschleichen zutage gefördert, das ich nicht schon entdeckt hatte?« erkundigte sich Lestrade mit einem säuerlichen Grinsen.

»Nicht sehr viel, das muß ich Ihnen zugestehen. Der Mörder ist ein Mann, Rechtshänder, besitzt hinreichende Kenntnisse der Anatomie und ist sehr kräftig, wenn auch etwas unter einssiebzig groß – an der Länge seiner Schritte errechnet. Er trug neue, kostspielige und möglicherweise von einem Laden im Strand stammende Stiefel und rauchte eine eindeutig im Ausland gefertigte und gekaufte Zigarre. Und er hat, bevor er ging, aus McCarthys Notizbuch die Seite mit seinem Namen herausgerissen. Guten Tag, Inspector Lestrade.«

* Holmes' Voraussage erwies sich als zutreffend. Hopkins wurde 1904 Chief Inspector, und bei seiner Pensionierung im Jahre 1925 wurde ein gerichtsmedizinisches Labor nach ihm benannt.

## KAPITEL VIER

## In Sachen Bunthorne

Auf dem Weg nach unten begegneten wir dem Polizeiarzt, Mr. Brownlow, und seinen Leute mit der Bahre. Holmes tauschte ein paar Worte mit diesem graubärtigen Individuum, das er vom Sehen her kannte. Dann passierten wir draußen die Polizeibarriere, und Holmes zog seine Uhr hervor.

»Mir ist nach Mittagessen zumute«, erklärte er, während er umherschaute und die kalte, frische Luft einsog. »Watson, dies war einmal Ihr Revier, wo sollen wir essen?«

»Da wäre das ›Holborn‹; es ist nicht weit von hier.«

»Ausgezeichnet. Dort wollen wir uns hinbegeben. Kommen Sie mit, Shaw?« Er begann, schnellen Schrittes durch den schmutzigen Schnee zu wandern, so daß der Kritiker zu eiligen Hüpfern gezwungen wurde.

»Wie können Sie nur an Essen denken, nach allem, was Sie gerade gesehen haben?« rief Shaw entsetzt.

»Gerade weil ich es gesehen habe, kommt es mir in den Sinn«, erwiderte der Detektiv. »Nahrung ist eines der besten Mittel, um am Leben zu bleiben.«

»Eigentlich sollte ich an der Arbeit sein«, brummte Shaw, als er sich mit uns im ›Holborn‹ niederließ und mißtrauisch die mit freimaurerischen Motiven verzierten Kacheln beäugte, mit denen das Etablissement dekoriert war. »Ich muß bis morgen zwei Artikel abgeschlossen haben, von denen ich bis jetzt noch keinen begonnen habe.« Trotz dieser Bemerkung zeigte er keinerlei Neigung, sich zu entfernen.

»Watson«, Holmes wandte sich mir zu, die Speisekarte in der Hand. »Was halten Sie von Windsor-Suppe, Beefsteak-Pastete, Roly-Poly-Pudding und einem anständigen Bordeaux?«

»Das klingt ausgezeichnet.«

»Gut. Shaw, mein Bester?«

»Natürlich nicht. Ich bin kein Fleischfresser, der eine seiner Mitkreaturen anfällt. Sie können mir einen kleinen Salat bestellen.«

Holmes zuckte die Achseln und gab dem Kellner unsere Bestellung. Ich muß bekennen, daß es mich verdroß, meine Eß- und Trinkgewohnheiten ständig von diesem mutwilligen Menschen in Frage gestellt und getadelt zu hören. Außerdem wurde mir klar, daß der Ire – weit davon entfernt, Holmes für seine Dienste zu bezahlen – beabsichtigte, sein Mittagessen auf Kosten des großzügigen Detektivs einzunehmen.

Wir saßen eine Weile schweigend, warteten auf unser Mahl und lauschten dem Lärm, der uns umgab: den Stimmen der zahlreichen Mittagsgäste, die das Lokal füllten, dem Geklapper der Bestecke und dem endlosen Schwingen der Türen, die zur Küche führten. Holmes widmete dem Chaos keine Aufmerksamkeit, sondern saß in

Gedanken versunken da, die Augen geschlossen, das Kinn auf die Brust gesenkt. Mit seinem langen Falkenschnabel von Nase glich er ganz und gar einem schlafenden Raubvogel.

»Nun?« fragte Shaw, der es müde war, ihn zu beobachten. »Werden Sie den Fall übernehmen?«

Holmes saß unbeweglich, ohne die Augen zu öffnen. »Ja.«

»Vorzüglich!« Der Ire strahlte, seine Miene verzog sich zu einem Lächeln. »Was müssen wir zuerst tun?«

»Wir müssen essen.« Holmes öffnete seine Augen auf der Suche nach dem Kellner, der in diesem Augenblick mit einem umfangreichen Tablett erschien. Das Wort in die Tat umsetzend, weigerte er sich für die nächsten dreißig Minuten, auch nur eine Silbe zu sprechen. Er ignorierte gut gelaunt Shaws hartnäckige Fragen, schenkte aber dem hitzigen Menschen von Zeit zu Zeit ein ermutigendes Lächeln.

Da mir seine Launen vertrauter waren als dem Kritiker, tat ich mein Bestes, um meine Spekulationen für mich zu behalten, und widmete mich meiner eigenen Mahlzeit, bis schließlich Holmes einen letzten Schluck Wein nippte, seinen Mund elegant mit der Serviette abtupfte und seine Pfeife zu stopfen begann.

»Sie wollen doch nicht etwa rauchen!« protestierte Shaw. »Guter Himmel, Mann, sind Sie denn entschlossen, sich umzubringen?«

»Der Fall entbehrt nicht einiger interessanter Züge«, begann mein Begleiter, als habe der andere nicht gesprochen. »Der junge Hopkins hat, wenn mich nicht alles täuscht, eine steile Karriere vor sich. Sind Ihnen irgendwelche Anhaltspunkte aufgefallen, Watson?«

»Von der Sache mit dem Buch einmal abgesehen, muß ich zugeben, daß ich die Art und Weise nicht begreife, in der die Todesstarre eingesetzt hat«, erwiderte ich. »Normalerweise ist sie nicht im Hals und Unterleib so ausgeprägt und gleichzeitig in Fingern und Gelenken so wenig fortgeschritten.«

»Hm.«

»Aber was denken Sie über das Buch?« unterbrach Shaw aufgeregt. »Zweifellos kann seine Bedeutung nicht überschätzt werden. Es muß entsetzlich qualvoll für McCarthy gewesen sein, seiner habhaft zu werden.«

»Ich unterschätze seine Bedeutung nicht, das kann ich Ihnen versichern. Ich stelle nur seinen Wert für den Augenblick in Frage. Oh, ich bin solchem Beweismaterial zuvor begegnet.« Er hob eine müde Hand. »Ein Mensch versucht in der Todesminute den Namen seines Mörders oder auch dessen Motiv zu übermitteln. Wenig vertraut, wie wir alle zur Zeit mit Jonathan McCarthy sind, ist es leider sehr unwahrscheinlich, daß es uns gelingt, dem merkwürdigen Hinweis etwas von Bedeutung zu entreißen. Was sollen wir daraus schließen? Daß er sich selbst als Mercutio sah? Als Tybalt? Daß er in eine Familienvendetta verwickelt war? Wonach suchen wir, nach einem Wort, einem Satz, einem Absatz oder einer Person? Sehen Sie?« Er warf mit einer ausdrucksvollen Geste die Hände in die Luft. »Es sagt uns nichts.«

»Aber er muß anderer Meinung gewesen sein«, widersprach ich.

»Das muß er allerdings. Oder es fiel ihm vielleicht in der Verzweiflung nichts anderes ein. Ich glaube nicht, daß er Bleistift und Papier hätte handhaben können, selbst wenn sie für ihn erreichbar gewesen wären – und sie lagen noch weiter entfernt. Andererseits wäre es wiederum möglich, daß ein spezifisches Individuum, an das die Botschaft gerichtet war, sie sofort hätte entschlüsseln können.« Er hob die Achseln.

»Wo fangen wir also an?« fragte Shaw verwirrt. Er war dabei, seinen Bart mit den Fingern in eine ziemlich furchterregende Form zu kämmen.

Holmes lächelte. »Dunhill's scheint mir ein so guter Ausgangspunkt wie jeder andere.«

»Dunhill's?«

»Dort kann man mir möglicherweise dabei behilflich sein, herauszufinden, woher die Zigarre des Mörders stammt. Ich werde nach dem Essen da vorbeigehen. Bis dahin, denke ich, können wir einen Anfang mit Bunthorne machen. Hat jemand eine Ahnung, wer er sein könnte?«

»Bunthorne?« Wir starrten ihn an. Was mich betraf, so hatte ich den Namen noch nie gehört. Holmes lächelte noch breiter, dann zog er sein Notizbuch und entnahm ihm ein zerrissenes Blatt Papier.

»Dies stammt aus McCarthys Notizbuch.«

»Soweit ich mich entsinne, sagten Sie, sein Mörder habe die Seite mit den Verabredungen für den 28. Februar mit sich genommen.«

»Das hat er auch getan. Aber dies ist, wie Sie sehen, die Seite für den 27. Februar, und die habe ich mitgenommen.«

Sie enthält nur eine Eintragung«, stellte ich fest, »für sechs Uhr dreißig im Café Royal.«

»So ist es. Und mit einer Person namens Bunthorne.«

Shaw griff nach dem Stück Papier mit einer Grimasse, die seine Züge grotesker als gewöhnlich erscheinen ließ. Plötzlich brach er in ein amüsiertes und wissendes Gelächter aus.

»Ich kann Ihnen sagen, wer Bunthorne ist – ich bin ziemlich sicher, daß das ganze West End es weiß, aber da Sie ausschließlich Covent Garden und die Albert Hall frequentieren, bezweifle ich stark, daß Sie eine Ahnung haben.«

»Ist er denn berühmt, dieser Bunthorne?« fragte ich.

Der Kritiker lachte erneut. »Sehr berühmt. Man könnte sogar sagen, berüchtigt – aber nicht unter diesem Namen. Mein verstorbener Kollege scheint sich seine Termine verschlüsselt notiert zu haben.«

»Woher wissen Sie, wer sich hinter dem Namen Bunthorne verbirgt? Ist es ein Spitzname?«

»Das eigentlich nicht. Aber ich glaube schon, daß er darauf hören würde.« Shaw breitete das Papier aus und attackierte es mit seinem dünnen Zeigefinger. »Es ist das Restaurant, das jeden Zweifel ausräumt. Dort ist er meist zu finden, er hält dort hof.«

»Hält hof?« rief ich aus. »Wer, zum Teufel, ist er, der Prince of Wales?«

»Es ist Oscar Wilde.«

»Der Dramatiker?«

»Das Genie.«

»Was verbindet ihn mit diesem ›Bunthorne‹?« wollte Holmes wissen.

Shaw lachte wieder »Was das betrifft, so müssen Sie sich – und ich vermute, das ist nicht der Fall – in den komischen Opern der Herren Gilbert und Sullivan auskennen. Gehen Sie jemals ins Savoy?«

»*Der Mikado* und dergleichen?« Holmes schüttelte den Kopf und zündete seine Pfeife wieder an.

»Dann versäumen Sie die größte Kombination von Worten und Musik seit Aristophanes, Wagner ausgenommen. Bunthorne findet sich in dem Stück *Patience*.«

»Ich werde wohl die Melodien auf der Drehorgel gehört haben.«

»Selbstverständlich haben Sie das. Jeder Leierkasten in London spielt abwechselnd sämtliche Weisen von Sullivan.« Er betrachtete Holmes mit einer Spur von Geringschätzung. »Auf was für einem Planeten leben Sie eigentlich?« verwunderte er sich. »Sind Sie wenigstens vertraut mit *Onward Christian Soldiers* und *The lost Chord*?« Er war, wie ich sehen konnte, tief erstaunt über die Ignoranz des Detektivs, die mich nicht weiter überraschte. Sherlock Holmes hatte einmal gesagt, es sei ihm völlig gleich, ob die Erde um die Sonne kreise oder die Sonne um die Erde, vorausgesetzt, daß weder das eine noch das andere ihn bei der Arbeit störe. Von seinen eigenen speziellen musikalischen Interessen abgesehen (die sich auf Violinkonzerte und große Opern beschränkten), war von ihm auch nicht die geringste Kenntnis der Londoner Moden und Publikumserfolge zu erwarten. Er überhörte Shaws Spötteleien und fuhr mit seinen eigenen Erkundigungen fort.

»Erzählen Sie mir über *Patience*«, bat er.

»Einen Augenblick«, rief ich und rieb mir die Stirn, »ich erinnere mich jetzt. Holmes, als ich im Jahre '81 aus Afghanistan zurückkam, habe ich dieses Stück gesehen! Es war im Savoy?« fragte ich Shaw.

»Soviel ich weiß, wurde das Theater damit eröffnet«, bestätigte der Kritiker.

»Ich bin meiner Sache beinahe sicher, nur daß ich mich ums Leben nicht daran erinnern kann, worum es ging. Ich vergesse die Handlung immer nach ein oder zwei Wochen. Auf dieses Stück besinne ich mich, weil ich es, schon während ich es sah, nicht verstand – Soldaten kamen darin vor und jemand mit sehr langen Haaren, der beim ganzen Chor beliebt war.«

»Können Sie sich präziser ausdrücken?« erkundigte Holmes sich bei Shaw.

»Die Oper parodiert mit ziemlichen Geschick den ganzen ästhetischen Oscar-Wilde-Kult. Sie konnten damit nichts anfangen, Doktor, weil Sie nicht im Lande waren, als Wilde und seine Freunde zuerst auf der Szene auftauchten. Wilde selbst erscheint in dem Stück in Gestalt des Reginald Bunthorne – ›ein fleischlicher Poet‹.« Shaw grinste, hustete und brach in Gesang aus. Seine Stimme erwies sich als überraschend musikalisch, ein nicht sehr kräftiger Bariton, der den einen oder anderen Kopf in unserer näheren Umgebung veranlaßte, sich in unsere Richtung zu drehen:

Liegt dir daran, zu glänzen,
Dich als Ästhet zu kränzen,
Als Mann von feinstem Sinn,
Dann sammle sämtliche Keime
Von transzendentalem Gereime
Und pflanz sie um dich hin.

Mußt dich auf Gänseblümlein legen
Und interessante Reden pflegen
Von deiner Seele komplizierter Qual.
Der Inhalt ist nicht wichtig,
Es ist schon alles richtig,
Ist das Geschwätz transzendental.

Du wanderst auf geheimen Pfaden,
Und um dich rufen die Myriaden:
›Da dieser junge Mann so unverständlich spricht
(Denn ich versteh' ihn wirklich nicht),
Ist eins ganz klar. Er ist ein großes Licht.‹

Da wir keine Anstalten machten, ihn zu unterbrechen, fuhr er fort:

Und süße Leidenschaften,
Die mehr an Pflanzen haften,
Sind müdem Sinn zum Lohne,
Verschämte Jungkartoffel-Knollen,

Die Liebe à la Plato wollen,
Vielleicht auch eine – nicht zu grüne – Bohne.

Und wenn dich die Philister noch so sehr verhöhnen,
Hohe Ästhetik wird dich zum Apostel krönen,
Dann sieht man dich in Piccadilly schreitend,
Die gotisch edle Hand um Mohn und Lilie breitend.

Du wanderst auf geheimen Pfaden,
Und um dich rufen die Myriaden –

Hier brach er ab, hüstelte aufs neue und blickte verlegen um sich.

»So geht es für ein oder zwei Verse weiter. Wie dem auch sei, das ist Bunthorne – und, verlassen Sie sich darauf, das ist Oscar.« Er schaute auf die Uhr. »Du lieber Himmel, ich muß gehen. Ich habe meinen Spaß gehabt, jetzt muß ich dafür bezahlen. Wo treffen wir uns wieder? Ich würde gerne hören, was für Fortschritte Sie gemacht haben.«

»Zum Abendessen bei Willi's?« wagte ich vorzuschlagen.

»Das ist mir etwas zu schwer für den Magen.«

»Wie wäre es mit Simpson's?«

»Einverstanden.« Er erhob sich. »Kurz vor acht?«

»Einen Augenblick.« Holmes legte die Hand auf seinen Arm. »Kennen Sie Mr. Wilde persönlich?«

»Ich kenne ihn, wenn auch nicht sehr gut. Wir sind zu beeindruckt von unseren jeweiligen Talenten, daher schüchtern wir uns gegenseitig ein.«

Holmes ließ den Arm des Kritikers nicht aus seinem Griff. »Ist er wirklich ein Genie?«

»Oscar? Ein paar der gescheitesten Köpfe in London sind der Meinung – Harris, Max Beerbohm, Whistler –«

»Und Sie?«

»Was macht es aus, ob er ein Genie ist oder nicht und ob ich ihn für eines halte?«

»Ich versuche, die *dramatis personae* in dieser Affäre kennenzulernen. Sie hielten nicht viel von Jonathan McCarthy; ich wüßte gern, wie Sie Oscar Wilde einschätzen.«

»Nun gut«, er runzelte die Stirn und kaute auf ein paar Barthaaren. »Ja. Ich würde unbedingt sagen, ja, er ist ein Genie. Seine Theaterstücke werden zu den glänzendsten unserer Sprache gezählt werden – und sie sind die geringsten seiner Werke. *Patience* andererseits wird noch zu seinen Lebzeiten passé sein.* Ein Genie«, wiederholte er widerwillig, »aber er spielt mit dem Feuer.«

»Warum?«

Shaw seufzte und erwog, wie diese Frage am besten zu beantworten sei. Es bereitete ihm mehr Schwierigkeiten, als ich gedacht hätte, eine Antwort zu formulieren.

»Es steht mir nicht zu, mich genauer zu äußern«, sagte er vorsichtig.

»Dann äußern Sie sich allgemein«, riet ihm Holmes.

Shaw verfiel in erneutes Grübeln. Die mephistophelischen Brauen waren von innerer Sammlung gefurcht. »Oscar hat sich mit der Welt verfeindet«, begann er, sorgfältig seine Worte wählend. »Er liebt es, sich mit der Welt anzulegen. Er nimmt sie nicht ernst.« Er legte seine Hände auf den Tisch und schlang die Finger ineinander. »Aber die Welt nimmt ihn ernst. Sie nimmt ihn sehr ernst und ist nicht bereit, ihm zu vergeben. Die Welt wartet darauf, sich an ihm zu rächen. Es gibt geheiligte Riten und Konventionen, die niemand straflos mißachtet.«

* Shaws Fähigkeit, die zukünftige Popularität von Dramen und Operetten vorauszusagen, muß in Frage gestellt werden. Er postulierte ein frühes Ende für Sardous Stück ›La Tosca‹, das sich in Opernform eines ebenso stetigen Erfolges erfreut wie ›Patience‹.

»Mr. Gilbert hat sie jahrelang mißachtet, oder nicht?« fragte ich. »Dürstet man auch nach seinem Blut? Ich glaube nicht.«

Shaw sah mich an. »Mr. Gilberts Privatleben ist über jeden Tadel erhaben. Sollte das anders sein, dann ist Mr. Gilbert diskret. Das kann man von Oscar Wilde nicht behaupten.« Er erhob sich abrupt, als ärgere er sich darüber, zuviel gesagt zu haben. »Guten Tag, meine Herren.«

»Shaw«, Holmes sah mit trägem Blick zu ihm auf. »Wo können wir Wilde finden?«

»Soviel ich weiß, wohnt er dieser Tage im Avondale, in Piccadilly. Guten Tag«, sagte er noch einmal und nickte kurz einen koboldhaften Gruß, bevor er sich mit seinem kuriosen Tanzschritt entfernte.

Sherlock Holmes drehte sich mir zu. »Kaffee, Watson?«

Nach dem Lunch begaben wir uns zu Dunhill's in der Regent Street, wo Mr. Fitzgerald, der den Detektiv gut kannte, das Zigarrenrudiment, das wir ihm vorlegten, untersuchte.

»Erzähl'n sie mir nich', Sie wissen nich' weiter«, lachte der Schotte mit einem Zwinkern in seinen blauen Augen, als er die Zigarre an sich nahm.

Holmes war nicht erheitert. »Ich kann dreiundzwanzig Arten Tabak alleine anhand ihrer Asche identifizieren«, erwiderte er in einem, wie mir schien, etwas gereizten Ton. »Nachdem Sie mir gesagt haben, was dies hier ist, werde ich eine vierundzwanzigste in mein Repertoire aufnehmen können.«

»Ja, ja«, der brave Mann lachte weiter vor sich hin, während er sich über das Objekt beugte. »Also, sie kommt aus dem Ausland, wird aber von niemandem importiert, den ich kenn'«, erklärte er.

»Soviel habe ich bereits deduziert.«

»Haben Sie das in der Tat? Nun ja, es engt die Möglichkeiten ein.« Er hielt den Stummel hoch und roch daran. »Vom Geruch und vom Deckblatt her würd' ich's für indisch halten.« Er drehte ihn zwischen Daumen und Zeigefinger hin und her, hielt ihn ans Ohr und lauschte dem Knistern, dann beäugte er ihn längsseits wie ein Gewehr. »Ein Stumpen. Haben Sie das viereckige Ende und den starken Anteil von Latakia-Tabak bemerkt? Die sind sehr beliebt bei den Jungens in der indischen Armee, aber die rauchen auch alles, was ihnen in die Hände fällt. Mir lägen sie zu schwer im Magen, aber ich hab' mir sagen lassen, daß man Geschmack dran gewinnen kann.«

»Sie sind in England nicht zu kaufen?«

»Nein, Mr. Holmes, ich glaub' nich'. Sie sind, wie gesagt, für Zivilisten zu stark, aber manche Jungens bringen sie sich kistenweise mit, weil sie wissen, daß sie hier nich' zu haben sind.«

»Mr. Fitzgerald, ich danke Ihnen.«

»Gern geschehen Mr. Holmes. Hat es mit einem Fall zu tun?«

»Kann sein, Mr. Fitzgerald, kann sein.«

## KAPITEL FÜNF

# Der Herr des Lebens

Holmes und ich hatten natürlich Karikaturen von Oscar Wilde gesehen. Mit den Jahren waren sein ausgefallener Haarschnitt, seine Korpulenz und seine fremdartige Kleidung uns – wie allen anderen – durch die zahllosen Federzeichnungen in allen möglichen Zeitungen vertraut geworden. Und wir wußten, obwohl wir sie nicht gesehen hatten, daß der brillante Ire der Autor zweier Komödien war, die zu gleicher Zeit in ausverkauften Häusern gespielt wurden. Sein neuestes Stück, *Bunbury oder Die Bedeutung, ernst zu sein*, hatte erst vor zwei Wochen seine Premiere gehabt und war von Kritik wie Publikum mit Begeisterung aufgenommen worden.

Aber weder die Karikaturen noch die Artikel von oder über den Mann, selbst die Dramen nicht, (wären sie uns bekannt gewesen) hätten uns auch nur annähernd auf die lebende Verkörperung von Oscar Wilde vorbereiten können.

Nach unserem Besuch bei Dunhill's wanderten wir nach Piccadilly und erkundigten uns im Avondale nach dem Dramatiker.

»Sie werden ihn im Salon finden«, ließ uns der Angestellte am Empfang mit mürrischer Miene wissen.

»Gehe ich richtig in der Annahme, daß es sich um den Raum handelt, aus dem all dieser Lärm dringt?« fragte Holmes höflich. Der Mann grunzte, statt zu antworten, und machte sich hinter dem Empfangstisch zu schaffen.

Es drang allerdings ein beträchtliches Getöse aus dem Salon, und Holmes und ich begaben uns voll unverhohlener Neugier zu seiner Quelle. Man konnte Gläserklirren und munteres Stimmengewirr unterscheiden; letzteres war von plötzlichen, schrillen Ausbrüchen johlenden Gelächters durchsetzt.

Meine erste Empfindung beim Betreten des Raums war die, in H. G. Wells' Zeitmaschine in die Vergangenheit gereist und in eine Art römischer Saturnalien geraten zu sein, zwischen Satyre, panähnliche Cherubime und Elfen. Ein zweiter Blick überzeugte mich davon, daß die jungen Männer – etwa ein Dutzend an der Zahl –, die hier versammelt waren und sangen, Gedichte rezitierten und einander zutranken. Sie trugen allesamt moderne, wenn auch hier und da etwas aus der Fasson geratene Kleidung. Es bedurfte nur eines Augenblicks, um festzustellen, wer in erster Linie für den klassischen Anstrich der Szene verantwortlich war. Mitten im Zimmer, seine Gäste in Umfang wie Statur überragend, stand der Leviathan Oscar Wilde selbst. Sein sonderbares, langes Haar war von Lorbeer oder etwas sehr Ähnlichem umwunden, und seine tiefe, volle und sonore Stimme beherrschte den Raum so vollständig wie seine Erscheinung.

Unberührt von dem Pandämonium deklamierte er, einen Arm um die Schulter eines schlanken Jünglings mit blondgelocktem Engelskopf gelegt, ein Gedicht, das etwas mit Daphnis und Chloe zu tun hatte (in dem Tumult konnte ich nur hier und da einen Wortfetzen aufschnappen).

Nach wenigen Augenblicken machte sich unsere Anwesenheit auf der Türschwelle bemerkbar, und die Zecher verstummten, Lieder und Scherze wurden abgebrochen, und nur Wilde ließ sich nicht stören. Mit dem Rücken zur Tür, der Eindringlinge nicht gewahr, fuhr er fort, bis das allmähliche Abflauen des munteren Treibens ihn veranlaßte, sich umzudrehen. Eine unangenehme schlaffe Hand hob sich und zerrte das Weinlaub aus dem wirren, dunklen Haar. Sein Gesicht war überraschend hübsch und jugendlich, obwohl er meines Wissens vierzig sein mußte. Eine übertriebene Neigung zum Essen und Trinken hatte ihre Spuren hinterlassen und seine Züge aufgeschwemmt. Aber seine grauen Augen waren klar und lebhaft, sein Ausdruck gewinnend. Nur seine dicken, sinnlichen Lippen und sein Umfang verrieten die Ausschweifungen, denen er sich hingab.

Während er uns ins Auge faßte, kreisten unterdrückt geflüsterte Vermutungen über den Zweck unseres Besuchs. Ich vernahm mehr als einmal das Wort Polizei.

»Polizisten?« rief Wilde. Seine Stimme war so sanft wie eine Liebkosung und so tief wie eine Klosterglocke. »Polizisten?« Er näherte sich langsam, seinen Kranz in der Hand, und betrachtete uns aufmerksam. »Nein, nein«, beschloß er mit einem hinreißenden Lächeln. »Ich glaube nicht. Auf keinen Fall. Es gibt nichts Unästhetischeres auf der Welt wie einen Polizisten.«

Diese Bemerkung bewirkte einiges Gekicher im Hintergrund. Es fiel mir auf, daß er die sonderbare Angewohnheit hatte, beim Sprechen seinen Mund mit einem gekrümmten Finger zu bedecken. Er betrachtete Holmes voller Interesse, und der Detektiv erwiderte unbewegt seinen Blick. Ihre grauen Augen trafen sich.

»Wir sind vielleicht weniger ästhetisch, als Sie denken«, sagte Holmes, ohne mit der Wimper zu zucken, griff in seine Brusttasche und überreichte seine Karte. Der städtische Dionysos überflog sie mit einem flüchtigen Blick.

»Ach, du meine Güte«, murmelte er, nicht weiter erstaunt. »*Noch mehr* Detektive. Keine sehr ästhetische Gesellschaft, da muß ich Ihnen zustimmen. Wie dem auch sei, ich will nicht heucheln und so tun, als habe ich nie von Mr. Sherlock Holmes gehört.« Die eingeschüchterten Trinkbrüder raunten sich hinter seinem Rücken den Namen in einem ehrfürchtigen Ton zu, dessen Feierlichkeit nur von einem vereinzelten Kichern beeinträchtigt wurde. Wilde, die leuchtenden Augen nun einschätzend auf mich gerichtet, fuhr fort: »Und das muß Dr. Watson sein. Es steht außer Frage. Nun«, seufzte er, sammelte sich und produzierte sein bezauberndes Lächeln, »was wünschen Sie, meine Herren? Kann ich Ihnen eine Erfrischung anbieten?«

»Ein oder zwei Minuten mit Ihnen allein, das ist alles.«

»Geht es um den Marquis?« fragte er mit erhobener Stimme und begann zu zittern. »Wenn ja, dann kann ich Ihnen nur sagen, daß ich die ganze Angelegenheit meinem Rechtsanwalt, Mr. Humphreys, übergeben habe und daß Sie sich an ihn wenden müssen.«

»Es geht um Jonathan McCarthy.«

Dem Schriftsteller traten einen Moment lang die träumerischen Augen aus dem Kopf. »McCarthy? Dann hat er sich trotz allem unterstanden« – seine dicken Lippen schlossen sich mit einer Mischung von Ärger und Entschlossenheit.

»Er hat sich nichts unterstanden, Mr. Wilde. Jonathan

McCarthy liegt zu dieser Stunde tot in seiner Wohnung; er ist das Opfer einer Gewalttat mit tödlichem Ausgang, die von einem oder mehreren unbekannten Tätern begangen wurde – wenige Stunden nach seinem Treffen mit Ihnen im Café Royal. Ich glaube wirklich, wir sollten dieses Gespräch woanders weiterführen«, schloß Holmes in gedämpftem Ton.

»Ermordet?« Es bedurfte einiger Sekunden, bis Bacchus die Bedeutung des Wortes in sich aufgenommen hatte. In diesem Augenblick erkannte ich, wie zutreffend Shaws Bemerkungen waren. Wilde mochte die Gesellschaft provozieren und allen Konventionen trotzen, aber er meinte es nicht ernst und empfand es nicht als schädlich. Unter all der sorgfältig genährten Dekadenz und den unsittlichen, perversen Ideen verbarg sich ein Mann von vollendeter Unschuld, den der Gedanke an einen Mord weit mehr schockierte als mich – und ich hielt mich im Vergleich zu ihm für ausnehmend konventionell.

»Kommen Sie hier entlang«, forderte er uns, nach Fassung ringend, auf und führte uns unsicheren Schrittes in das anliegende Schreibzimmer. Es war ein älterer Herr zugegen, aber sein Hut war über die Augen gezogen, seine Beine waren ausgestreckt, und es stand fest, daß wir niemals erreichen würden, was den geräuschvollen Lustbarkeiten im Nebenzimmer nicht gelungen war. Holmes und ich setzten uns, Wilde ließ sich heftig auf ein Sofa gegenüber fallen. Er gab keine seiner öffentlichen Darstellungen, sondern saß, die fetten Hände zwischen den Knien, wie ein Kutscher auf dem Bock, der müde ein Paar nicht vorhandene Zügel hält.

»Ich nehme an, daß man mich verdächtigt?« begann er.

»Dr. Watson und ich vertreten nicht die Polizei. Auf wen diese ihren Verdacht lenkt, ist uns nicht bekannt, obwohl ich aus Erfahrung sagen kann« – Holmes lächelte

–, »daß sie gelegentlich seltsame Richtungen einschlägt. Können Sie Rechenschaft darüber ablegen, wo Sie sich nach Ihrem Treffen mit Jonathan McCarthy aufgehalten haben?«

»Rechenschaft ablegen?«

»Es mag sich – für die Polizei – als hilfreich erweisen, ein Alibi zur Verfügung zu haben«, erklärte ich.

»Ein Alibi, ah so.« Er lehnte sich zurück und produzierte etwas, das als Lächeln durchgehen mochte. Wieder erhaschte ich einen Blick auf sein Gesicht, und ich mußte an Cassius' ›des Lebens überdrüssig‹ denken. Trotz einer vorwiegend humorvollen und heiteren Veranlagung trug dieser Mann an einer drückenden Bürde.

»Ja, das ist in Ordnung«, versicherte er mit nicht ganz überzeugender Munterkeit. »Ich war bei Rechtsanwalt Humphreys. Sagen Sie mir, wie wurde die Sache arrangiert?«

»Wie bitte?«

»Der Mord, mein Bester, der Mord!« Seine Augen glänzten, er begann sich für das Thema zu erwärmen. »Wurde Weihrauch verbrannt? Fanden Sie die Fußabdrücke einer nackten Frau, die in seinem Blut getanzt hat?«

Holmes ignorierte diese makabren Fantasien und umriß kurz die Umstände, die den Tod des Kritikers begleitet hatten, wobei er das Buch unerwähnt ließ und statt dessen darauf einging, daß niemand, mit dem wir soweit gesprochen hatten, überrascht oder betrübt über die Nachricht zu sein schien.

Wilde zuckte die Achseln. »Ich kann mir in der Tat nicht vorstellen, daß das West End sein Ableben als großen Verlust empfinden wird.«

»Was war der Anlaß Ihrer gestrigen Verabredung mit ihm?«

»Muß ich Ihnen das sagen?«

»Es ist uns nicht möglich, Aussagen zu erzwingen«, antwortete Holmes, »aber für die Polizei gelten andere Regeln. Sie weiß zur Zeit nichts von Ihrer Zusammenkunft mit dem Ermordeten.«

Wildes Augen blitzten hoffnungsvoll, und er richtete sich auf.

»Ist das wahr?« rief er und preßte die Hände zusammen. »Ist das wirklich wahr?« Holmes versicherte ihm, daß es stimmte. »Dann kann noch alles gut werden!« Er blickte uns beide abwechselnd an, und seine Begeisterung nahm ab, als ihm einfiel, daß er sich immer noch mit uns auseinanderzusetzen hatte. »Besser Sie als die Polizei, verstehe ich das richtig?« seufzte er. »Wie sehr das Leben doch manchmal an Sardou erinnert, finden Sie nicht auch? Was für ein Jammer! Für Sardou.« Er lachte über seinen eigenen Witz und fuhr sich mit den fetten Fingern durch das ungebändigte Haar.

»Hatte Ihre Verabredung etwas mit Ihrem heutigen Besuch beim Rechtsanwalt zu tun?«

»Gewissermaßen ja, man könnte so sagen. Sie haben Jonathan McCarthy nicht gekannt, meine Herren? Nein, offensichtlich nicht. Wie kann ich Ihnen erklären, was für ein Mann er war?« Er rieb sich die Lippen nachdenklich mit dem gekrümmten Zeigefinger. »Haben Sie jemals von Charles Augustus Milverton gehört?«

»Dem Erpresser, der sich an hochgestellte Persönlichkeiten der Gesellschaft heranmacht? Unsere Wege haben sich noch nicht gekreuzt, aber ich weiß von ihm.«*

»Das erleichtert mir die Erklärung. Jonathan McCarthy wandelte auf ähnlichen Pfaden.«

»Er war in Erpressungen verwickelt?«

* Holmes' und Milvertons Wege kreuzten sich kurz vor der Ermordung des letzteren im Januar 1899.

»Bis zum Halse, mein Lieber Holmes, bis zum Halse. Er suchte seine Opfer nicht wie Milverton in den höheren Schichten der Gesellschaft, sondern unter uns Theatervolk. Er hatte seine Quellen, seine kleinen Spione, und er schröpfte mitleidlos. Natürlich überschneiden sich die Welt des Theaters und die der Gesellschaft gelegentlich. Wie dem auch sei, ich habe meine Erfahrungen mit Erpressern gesammelt und weiß, wie man mit ihnen umgehen muß. Sie bekommen gelegentlich Briefe zu fassen, die ich geschrieben habe, und drohen mir mit ihnen. Aber ich habe ein Mittel dagegen.«

Ich fragte ihn, was dieses Mittel sei, und er lächelte hinter dem gekrümmten Finger.

»Ich veröffentliche sie.«

»Drohte McCarthy Ihnen mit einem Brief?« wollte Holmes wissen.

»Mit mehreren. Er hatte gehört, was sich früher am Tage im Albemarle* abgespielt hatte und ließ mich seine Absichten wissen.«

»Ich fürchte, Sie werden sich etwas deutlicher ausdrücken müssen.«

Wilde erbleichte und ließ sich mit dem Ausdruck äußersten Erstaunens zurücksinken.

»Aber Sie haben davon gehört! Sie müssen davon gehört haben! Ganz London muß mittlerweile davon sprechen.«

»Ausgenommen Baker Street«, versicherte Holmes.

Wilde leckte seine bläulichen, dicken Lippen und beäugte uns nervös. »Der Marquis von Queensberry«, berichtete er mit vor Erregung heiserer Stimme, »der Vater jenes hervorragenden jungen Mannes dort im Salon – aber ihm so ungleich wie Hyperion dem Herkules –,

* Wildes Club

hinterließ gestern eine Karte für mich im Albemarle. Ich versage es mir, Ihnen die Worte wiederzugeben, die dieser Barbar – er kann noch nicht einmal buchstabieren – auf die Karte* schrieb, ich will nur sagen, daß ich nicht gewillt war, sie zu ignorieren. Mehrere Freunde rieten mir dazu, aber ich ging nicht darauf ein. Ich suchte nach dem Essen Mr. Humphreys auf (er war mir von meinem Freund, Mr. Ross, empfohlen), und er begleitete mich heute morgen nach Bow Street, wo ich eine eidliche Anzeige wegen Verleumdung erstattete. Morgen um diese Zeit ist der Marquis von Queensberry verhaftet und angeklagt, und bald werde ich dieses Untier in Menschengestalt ein für allemal los sein. Daher die kleine Feier nebenan«, schloß er mit einem verlegenen Lächeln.

»Und McCarthy, sagen Sie, hörte von dem Vorfall im Albemarle?«

Wilde nickte. »Ich glaube, er wußte im voraus von Queensberrys Absichten. Er schrieb mir und arrangierte ein Treffen im Café Royal, wo er mich von seiner Bereitschaft in Kenntnis setzte, dem Marquis und seinen Rechtsanwälten gewisse Briefe von mir zu übergeben. Er war der Meinung, daß diese Dokumente meine Klage im voraus zunichte machen würden.«

»Und teilten Sie diese Meinung?«

»Eine Beantwortung dieser Frage hat sich gestern erübrigt und erübrigt sich heute. Ich hatte meine eigenen Karten, und ich spielte sie aus.«

»Ich glaube, es empfiehlt sich, sie jetzt auf den Tisch zu legen.«

»Wie Sie wünschen. Um mich kurz zu fassen, so bin

* Queensberry schrieb auf die Karte: ›Für Oscar Wilde, der sich als Sodomit gebärdet.‹ Watson muß den Inhalt dieser berüchtigten Botschaft gekannt haben, als er diesen Fall niederschrieb, hat ihn aber taktvoll verschwiegen.

ich, was Skandale und Verfehlungen im West End angeht, selbst eine reiche Informationsquelle. Theaterleute sind ja so interessant, finden Sie nicht auch? Ich weiß zum Beispiel, daß George Grossmith, der Gilberts Schlager singt (er hat mich dargestellt, wissen Sie!), Rauschgift nimmt. Gilberts jagt ihm in den Proben solche Furcht ein, daß das seine einzige Rettung ist. Ich weiß, daß Bram Stoker eine Wohnung in Soho hat, von deren Vorhandensein weder seine Frau noch Henry Irving etwas wissen. Ich habe keine Erklärung dafür, wozu er sie benutzt, aber eine innere Stimme sagt mir, daß es nicht zum Schachspielen ist. Andererseits weiß ich aber über die Bakkarat-Abende von Sullivan mit …«

»Und was wußten Sie über Jonathan McCarthy?« unterbrach ihn Holmes, der nur mit Mühe seine Abscheu verhehlte.

Wilde antwortete, ohne zu zögern. »Er hielt sich eine Mätresse. Ihr Name ist Jessie Rutland, und sie spielt die Rolle der Naiven im Savoy. Für einen Mann, der mit so perfekter Heuchelei den rechtschaffenen britischen Bürger spielte, hätte eine derartige Enthüllung sofortigen Ruin bedeutet. Er sah das auch sehr schnell ein«, fügte Wilde hinzu, »und binnen kurzem stellte sich heraus, daß wir einander nichts weiter zu sagen hatten. Eine leider unerquickliche Geschichte, aber die meine.«

Holmes starrte ihn für eine Weile ausdruckslos an. Er erhob sich abrupt, und ich folgte.

»Haben Sie Dank für die Zeit, die Sie uns geschenkt haben, Mr. Wilde«, sagte er. »Sie sind zweifellos eine wahre Informationsquelle.«

Der Dichter sah zu ihm auf. Sein Benehmen hatte etwas so Argloses und Liebenswürdiges, daß ich mich trotz allem, was er gesagt hatte, zu ihm hingezogen fühlte.

»Wir sind alle, wie Gott uns gemacht hat, Mr. Holmes – und viele von uns sind schlechter.«

»Ist das von Ihnen?« fragte ich.

»Nein, Doktor« – er lächelte ein wenig –, »aber es wird von mir sein.« Er drehte sich wieder um und sah den Detektiv an. »Sie haben, fürchte ich, keine gute Meinung von mir.«

»Alles in allem: nein.«

Wilde ließ die Augen nicht von ihm. »Ich wünschte, Sie würden Ihre Meinung ändern.«

»Vielleicht wird das eines Tages geschehen.«

# KAPITEL SECHS

## Der zweite Mord

Es dämmerte, als wir das Avondale verließen und in das nachmittägliche Gedränge von Piccadilly eintauchten. Der Wind hatte zugenommen und wehte uns schneidend um Gesicht und Hals. Droschken waren für Geld und gute Worte nicht zu bekommen, aber das Savoy-Theater war nicht weit vom Hotel. Wir schoben uns einfach in diese Richtung, bahnten uns unseren Weg durch die Menge und vermieden, so gut es ging, die schmutzigen Schneehaufen, die neben dem Rinnstein aufgehäuft waren.

Ich ließ mich im Gehen darüber aus, daß mir nie zuvor eine so eigentümliche Gruppe von Menschen begegnet sei wie im Zusammenhang mit dem Mord an Jonathan McCarthy.

»Das Theater ist ein eigentümliches Gewerbe«, stimmte Holmes zu. »Eine edle Kunst, aber ein elender Beruf –

und einer, der alles verherrlicht, was der Rest der Gesellschaft verdammt.« Er sah mich von der Seite her an. »Verstellung. Die Fähigkeit zu heucheln und zu betrügen, etwas darzustellen, was man nicht ist. Plato hat es besser ausgedrückt. Aber all dies gehört zum Handwerkszeug des Schauspielers.«

»Und zum Handwerkszeug derer, die die Worte für sie schreiben«, ergänzte ich.

»Auch das werden Sie bei Plato finden.«

Wir gingen eine Weile schweigend weiter.

»Das Hauptproblem in diesem Fall«, stellte er schließlich fest, als wir in den Strand einbogen, »davon abgesehen, daß unser Klient es sich nicht leisten kann, seine Mahlzeiten zu bezahlen, von unseren Unkosten ganz zu schweigen – das Hauptproblem, sage ich, ist der Überfluß an Motiven. Jonathan McCarthy war kein sehr beliebter Zeitgenosse, soviel ist klar, und das kompliziert die Sache. Wenn nur die Hälfte von Wildes Geschichten der Wahrheit entspricht, dann haben wir es mit mehr als einem Dutzend Leuten zu tun, denen sehr daran gelegen wäre, McCarthy zu beseitigen. Und sie alle gehören eben jener Welt des Theaters an, in der Leidenschaften – echte und vorgetäuschte – nur so wuchern.«

»Und dazu kommt noch«, bemerkte ich, »daß ihre beruflichen Fähigkeiten es schwieriger als gewöhnlich machen könnten, ihr Mitwirken an einem Verbrechen herauszufinden.«

Holmes antwortete nicht, und wir schwiegen wieder für ein paar Schritte.

»Haben Sie die Möglichkeit erwogen«, fuhr ich fort, »daß McCarthy sich Shakespeares in einem allgemeinen Sinn hätte bedienen können?«

»Da kann ich Ihnen nicht folgen.«

»Nun, Ihr Freund Shaw – unser Klient – kann Shakespeare nicht ausstehen. Der *Morning Courant*, für den McCarthy schrieb, ist bekanntlich ein Rivale der *Saturday Review*. Es ist kaum daran zu zweifeln, daß Bernard Shaws Leserschaft sich ohne McCarthy vergrößern und sein Stern damit ins Steigen geraten würde. Könnte es sein, daß McCarthys Hinweis auf *Romeo und Julia* nichts mit den Montagues und Capulets zu tun hat, aber mit den beiden Zeitungen? Sagt nicht der sterbende Mercutio, *die Pest auf beide Häuser*«, fuhr ich, mich erwärmend, fort. »Gleichzeitig könnte der Gebrauch Shakespeares, den Shaw verabscheut, dazu dienen, einen klaren Fingerzeig auf ihn als den Mörder zu geben.«

»Watson,was für ein verschlagener Mensch Sie doch sind!« Holmes blieb mit einem Augenzwinkern stehen. »Das ist absolut brillant. Brillant! Sie haben natürlich das gesamte Beweismaterial außer acht gelassen, aber Ihre Einbildungskraft ist bewundernswert.« Er setzte sich wieder in Bewegung. »Nein, ich fürchte, Ihre These ist unhaltbar. Können Sie sich unseren Shaw allen Ernstes Kognak trinkend vorstellen? Oder eine Zigarre rauchend? Oder im Begriff, seinen Rivalen – allem Anschein nach impulsiv – mit einem Brieföffner zu durchbohren?«

»Er hat beinahe die richtige Größe«, verteidigte ich mich mit wenig Überzeugungskraft, denn ich wollte meine Theorie nicht kampflos aufgeben. »Und seine Abneigung gegen das Rauchen und Trinken könnte er sich unseretwegen zugelegt haben.«

»Das wäre möglich«, stimmte er zu, »obwohl mir seine Vorurteile in dieser Richtung seit geraumer Zeit bekannt sind. Wie dem auch sei, warum wäre er zu mir gekommen, wenn er unentdeckt bleiben wollte?«

»Vielleicht schmeichelt der Gedanke, Sie hinters Licht zu führen, seiner Eitelkeit.«

Holmes dachte kurz darüber nach.

»Nein, Watson, nein. Es ist geschickt ausgedacht, aber zu umständlich, und was mehr ins Gewicht fällt, sein Schuhwerk entspricht nicht den Fußspuren, die der Täter hinterließ. Shaws Schuhe sind sehr abgetragen – es bedrückt mich, daß er in diesem Wetter damit herumläuft –, während unser Mann neue Stiefel trug, die, wie ich schon bemerkt habe, am Strand gekauft wurden. Oscar Wilde, das muß man sagen, trug die richtigen Schuhe.«

»Wie wäre es also mit Wilde? Haben Sie bemerkt, daß er beim Sprechen ständig seinen Mund mit einem Finger bedeckt? Und halten Sie es für überzeugend, daß er McCarthy durch seine Kenntnis über dessen illegale Affäre mattgesetzt hat, als dieser ihn zu erpressen versuchte?«

»Zur Zeit bin ich davon weder überzeugt, noch lehne ich die Möglichkeit ab«, erwiderte Holmes unbewegt. »Deshalb gehen wir zum Savoy. Was Wildes sonderbare Angewohnheit betrifft, so ist Ihnen sicher nicht entgangen, daß er häßliche Zähne hat. Es ist nichts als seine unglaubliche Eitelkeit, die ihn dazu zwingt, beim Sprechen die Zähne zu verstecken.«

»Haben Sie seine Zähne gesehen?«

»Habe ich nicht gerade gesagt, daß er beträchtliche Anstrengungen macht, sie zu verbergen?«

»Woher wissen Sie dann, daß sie häßlich sind?«

»Elementar, mein Bester, er lächelt mit geschlossenem Mund. Hm, das Haus ist heute dunkel. Lassen Sie uns zum Bühneneingang gehen und sehen, ob jemand da ist.«

Wir folgten dem Gäßchen, das zum Bühneneingang führte, und fanden die Tür offen. Es herrschte einige Betriebsamkeit im Theater, obwohl dem Durcheinander auf der Bühne zu entnehmen war, daß nicht gespielt wurde. Wir wanden uns durch Schauspieler und Bühnenarbeiter, bis unsere Anwesenheit vom Inspizienten wahrgenommen wurde, der sich höflich nach dem Grund unseres Daseins erkundigte. Holmes überreichte seine Karte und erklärte, daß wir auf der Suche nach Mr. Gilbert oder Sir Arthur Sullivan seien.

»Sir Arthur ist nicht hier, und Mr. Gilbert leitet die Probe«, wurde uns gesagt. »Sie sprechen wohl am besten mit Mr. D'Oyly Carte. Er ist im Parkett. Durch diese Tür hier – und äußerste Ruhe bitte, meine Herren.«

Wir bedankten uns und betraten das leere Auditorium. Es war erleuchtet, und ich bewunderte wieder einmal die Beleuchtungsanlagen des Savoy. Es war das erste Theater der Welt mit ganz und gar elektrischem Licht, und der Effekt war ein ganz anderer als der von Gas. Ich dachte fünfzehn Jahre zurück und versuchte, mich meines ersten Besuchs hier zu entsinnen. Damals hatte ich gefürchtet, es werde durch das Versagen des elektrischen Systems ein Feuer ausbrechen. Ein Gedanke, den ich in allen Einzelheiten ausspann, da ich nicht begriff, wer Reginald Bunthorne war, und daher aufgehört hatte, mich auf das Stück zu konzentrieren. Meine Befürchtungen waren offenbar grundlos gewesen, da das Savoy noch heute unbeschädigt war.

Eine einsame Gestalt saß in den hinteren Reihen des Parketts und warf uns einen mißvergnügten Blick zu, als wir durch den Mittelgang auf sie zukamen. Es war ein kleiner Mann, der in seinem Sessel zwergenhaft wirkte, mit einem dunklen spitzen Bart und schwarzen Augen. Etwas in seinem majestätischen und gleichzeitig abwehrenden Blick erinnerte an Napoleon. Ich erhielt bald darauf den Eindruck, daß dies auch voll und ganz seine Absicht war.

»Mr. Richard D'Oyly Carte?« erkundigte sich Holmes, als wir nahe genug waren, um im Flüsterton gehört zu werden.

»Was wünschen Sie? Die Presse ist vor Premieren nicht zugelassen. Das ist eine Vorschrift im Savoy. Es ist eine Probe im Gange, und ich muß Sie bitten zu gehen.«

»Wir sind nicht von der Presse. Ich bin Sherlock Holmes, und dies ist mein Mitarbeiter Dr. Watson.«

»Sherlock Holmes!« Der Name hatte den gewünschten Effekt, und D'Oyly Cartes Miene verzog sich zu einem Lächeln. Er erhob sich halb von seinem Sessel und bot uns zwei Sitze neben sich an. »Setzen Sie sich, meine Herren, setzen Sie sich! Das ist eine Ehre fürs Savoy! Machen Sie es sich bitte bequem. Das Ensemble ist den ganzen Tag an der Arbeit gewesen und hat jetzt gerade ein Tief erreicht, aber Sie sind uns dennoch willkommen.«

Anscheinend glaubte er, wir hätten einer Laune folgend das Theater besucht, um einer Probe beizuwohnen. Für den Augenblick bestärkte Holmes ihn in dieser Meinung.

»Wie heißt das Stück?« erkundigte er sich höflich in gedämpftem Ton, während er sich in den Sessel neben dem Impresario gleiten ließ.

»*Der Großherzog*.«

Wir wandten unsere Aufmerksamkeit der Bühne zu, auf der ein hochgewachsener, militärisch wirkender Mann von Ende Fünfzig zu den Darstellern sprach. Ich sage, ›er sprach zu ihnen‹, aber es käme der Wahrheit näher zu sagen, daß er sie drillte. Das paßte auch vorzüglich zu seinem soldatischen Gebaren, das ihn zu einem Präzisionsfanatiker stempelte. Es war kein Bühnenbild vorhanden, was ein Verständnis der Handlung nicht gerade erleichterte. Gilbert – offensichtlich war er der militärische alte Knabe – wies einen langen, schlaksigen Schauspieler an, seinen Auftritt und seine ersten Worte zu wiederholen. Der Mann verschwand von der Bühne, um Sekunden später mit seinem Text wieder aufzutauchen, aber Gilbert unterbrach ihn mitten im Satz und verlangte erneut eine Wiederholung. Unser Gastgeber neben uns schrieb eilig Notizen in ein Buch auf seinen Knien. Der Schauspieler machte sich nach einigem Zögern wieder davon. Obwohl kein Wort fiel, ließ sich klar erkennen, daß alle erschöpft und am Rande eines Nervenzusammenbruchs waren. Carte blickte – den Stift in der Hand, das Gesicht finster verzogen – zur Bühne auf. Er klopfte sich nervös mit dem Stift auf die Zähne.

»Sie sind ausgelaugt«, verkündete er in einem Murmeln, das an niemanden im besonderen gerichtet war. Seinem Ton war nicht zu entnehmen, ob er die Darsteller oder die Verfasser des Stückes meinte.

Der Schauspieler wiederholte seinen Auftritt zum dritten Mal und stürzte sich in seine Rede, in der er etwas weiter gelangte, bevor der Autor ihn unterbrach und ihn aufforderte, noch einmal zu beginnen.

»Dies ist nicht nur ein freundschaftlicher Besuch.« Holmes neigte sich dem Impresario zu. »Soviel ich weiß, gehört dem Theater eine junge Dame namens Jessie Rutland an? Welche der Darstellerinnen auf der Bühne ist es?«

Das Benehmen des Managers durchlief eine rasche Wandlung. Der gehetzte, aber liebenswürdige Impresario wurde zu einem mißtrauischen Eigentümer mit unverbrüchlichen Besitzansprüchen.

»Warum wollen Sie das wissen?« fragte er. »Ist sie in irgendwelchen Schwierigkeiten?«

»Es sind nicht ihre Schwierigkeiten«, versicherte ihm Holmes, »aber sie muß einige Fragen beantworten.«

»Muß?«

»Entweder mir oder der Polizei, möglicherweise uns beiden.«

Carte sah ihn für einen Moment starr an, dann warf er

sich in seinen Sessel zurück, als wünschte er, von ihm verschlungen zu werden.

»Das hat mir gerade noch gefehlt«, murmelte er, in finsteres Brüten versunken. »Ein Skandal. Es hat im Savoy nie auch nur den Hauch eines Skandals gegeben. Das Betragen der Angehörigen dieses Theaters ist über jeden Vorwurf erhaben. Darauf achtet Mr. Gilbert.«

»Mr. Grossmith nimmt Rauschgift, nicht wahr?«

Carte starrte ihn aus den Tiefen seines Sessels verwundert an.

»Wo haben Sie denn so etwas gehört?«

»Das spielt keine Rolle, es wird nicht weitergetragen werden. Können wir jetzt Miss Rutland sprechen?« beharrte Holmes.

»Sie ist in ihrer Garderobe«, erwiderte der andere mürrisch. »Sie fühlt sich nicht wohl – sagte etwas von Halsschmerzen.«

Auf der Bühne waren erhobene Stimmen zu hören. »Wie oft wünschen Sie es noch zu hören, Mr. Gilbert?« rief der Darsteller, dem letztendlich der Geduldsfaden gerissen war.

»Bis es mir richtig erscheint, Mr. Passmore.«

»Aber ich habe es fünfzehnmal gemacht!« jammerte der Mann. »Ich bin nicht Mr. Grossmith, begreifen Sie das. Ich bin Sänger, nicht Schauspieler.«

»Beide Tatsachen sind unverkennbar«, erwiderte Gilbert kühl. »Aber wir müssen das Beste daraus machen.«

»Diesen Ton lasse ich mir nicht gefallen!« verkündete Passmore und zog sich von Wut geschüttelt in die Kulissen zurück. Gilbert sah ihm nach, dann heftete er seinen Blick auf den Fußboden, auf dem sich offenbar etwas befand, das einer gründlichen Studie wert war.

Carte erhob sich. »Gilbert, Lieber, laß uns eine Pause fürs Abendessen machen.«

Wenn der Autor es gehört hatte, dann ließ er es sich nicht anmerken.

»Meine Damen und Herren«, Carte erhob seine Stimme und schlug einen munteren Ton an. »Lassen Sie uns für zwei Stunden pausieren und unsere Energien über dem Abendessen erneuern. Wir haben in sechsunddreißig Stunden Premiere und müssen uns unsere Kräfte erhalten. Ausgelaugt«, murmelte er wieder, während die Gruppe auf der Bühne sich zu zerstreuen begann.

»Die Garderoben sind unten?« fragte Holmes.

»Frauen links von der Bühne, Männer rechts.« Der Impresario, der von der akuteren Krise ganz in Anspruch genommen war, winkte abwesend in Bühnenrichtung. Wir begaben uns auf den Weg, den wir gekommen waren, als plötzlich ein schauerlicher Schrei erklang. Es war ein so außergewöhnlicher Ton, daß ihn für einen Moment niemand identifizieren konnte. Der grausige Klang hallte in dem leeren Theater wider. Die im Aufbruch begriffenen Leute auf der Bühne standen sekundenlang wie versteinert vor Erstaunen und allgemeinem Entsetzen.

»Es ist eine Frau!« schrie Holmes. »Kommen Sie, Watson!« Er fegte mit fliegenden Rockschößen vor mir her durch das Rampenlicht und in die Kulissen. Hinter der Bühne gerieten wir in ein labyrinthähnliches Durcheinander von Maschinerie, die uns den Weg zu der schmiedeeisernen Wendeltreppe versperrte, die zu den Garderobenräumen führte. Hinter uns konnten wir das Trampeln des Chors hören, der uns nacheilte. Am Fuß der Treppe führte ein Korridor nach links, und Holmes flog ihn entlang. Eine Reihe von Türen auf beiden Seiten des Flurs, von denen manche nur angelehnt waren, führten zu den Damengarderoben. Holmes stieß sie schnell eine nach der anderen auf und hielt abrupt an der fünften Tür. Mit seinem Rücken versperrte er mir den Blick.

»Sorgen Sie dafür, daß sie draußen bleiben, Watson«, sagte er leise und schloß die Tür hinter sich.

Innerhalb von Sekunden hatte sich eine Gruppe von etwa dreißig Mitgliedern des Savoy um mich versammelt, die alle aufgeregte Fragen stellten. Mir kam der ironische Gedanke, daß sie sich anhörten wie sie selbst – das heißt, wie ein Chor von Savoyarden, der singt: ›Was geht hier vor, was kann es sein, warum ist Vater aufgewacht, zu dieser Stunde in der Nacht, und halbbekleidet obendrein?‹ Plötzlich trat Gilbert in ihre Mitte, wobei er sie mit Gewalt beiseite schob, als teile er das Rote Meer. Seine Bartkoteletten sträubten sich, seine blauen Augen waren hellwach.

»Was geht hier vor?«

»Sherlock Holmes ist dabei, das herauszufinden«, ich wies hinter mich auf die geschlossene Tür. Die großen blauen Augen blickten auf die Tür, dann richteten sie sich wieder auf mich.

»Holmes, der Detektiv?«

»So ist es. Ich bin Dr. Watson. Ich helfe Holmes gelegentlich aus. Die Frau, deren Schrei wir hörten, war wohl Miss Rutland«, fuhr ich fort, »sie klagte über Unwohlsein, und Sie schickten sie nach unten, sich auszuruhen.«

»Ich kann mich dunkel an so etwas entsinnen.« Er fuhr sich mit müder Hand über die breite Stirn. »Es war ein anstrengender Tag.«

»Kennen Sie Miss Rutland gut, Sir?«

Er beantwortete die Frage automatisch, zu abgelenkt, um sich gegen mein vorlautes Benehmen zu verwahren. »Ob ich sie kenne? Eigentlich nicht. Sie ist im Chor, und ich stelle keine Chormitglieder ein.« Sein Ton enthielt eine Spur unverhohlener Bitterkeit. »Sir Arthur stellt die Sänger ein. Sir Arthur ist zur Zeit nicht hier, wie Sie möglicherweise bereits bemerkt haben. Sir Arthur spielt entweder Karten mit einem seiner adligen Freunde, oder er ist im Lyceum, wo er seine Talente an eine Begleitmusik für Irvings neuen *Macbeth* vergeudet. Es wäre zuviel verlangt, die Ouvertüre für unser Stück vor der Premiere zu erwarten, aber ich hoffe, er wird geruhen, sie für den Abend fertigzustellen. Vielleicht wird Sir Arthur sogar Zeit finden, ein- oder zweimal vor der Premiere mit den Sängern zu proben, aber ich bin nicht sicher.« Dann wandte er sich um und sprach zu den Mitgliedern des Theaters. »Hört alle her!« rief er. »Geht und eßt zu Abend! Wir werden pünktlich um acht Uhr mit Akt eins der Bratwurst-im-Schlafrock-Nummer beginnen. Geht und eßt, meine Lieben; nichts von Bedeutung hält euch hier, und ihr müßt bei Kräften bleiben!«

Sie gingen, als hätten sie nur auf ein Stichwort gewartet, auseinander, und Gilbert streichelte hier jemandem den Kopf, sagte dort ein paar ermutigende Worte, bis wir allein waren. Obwohl er sich kurz angebunden und militärisch gab, ließ sich zweifellos eine bindende Kraft von Zuneigung und Vertrauen zwischen ihm und den Darstellern erkennen.

»Lassen Sie mich jetzt hinein«, befahl er in einem Ton, der keinen Widerspruch duldete. Bevor ich etwas erwidern konnte, wurden wir von Schritten auf der Wendeltreppe am Ende des Flurs unterbrochen, und Carte erschien in Hast mit einem anderen Mann, dessen schwarze Tasche ihn als Angehörigen meines eigenen Berufsstandes auswies.

Carte eilte auf uns zu und rief: »Dr. Watson, das ist Dr. Benjamin Eccles, der Arzt vom Dienst für das Savoy.« Ich tauschte einen schnellen Händedruck mit einem mittelgroßen Mann mit blasser Haut, tiefliegenden grünen Augen und einer kleinen, fein geformten Nase.

»Ich mache meine Runde in mehreren Theatern dieser Gegend, wenn ich Arzt vom Dienst bin«, erklärte Eccles und blickte an mir vorbei auf die geschlossene Tür, »und ich war gerade ins Parkett gegangen, um mir die Probe anzuschauen, als Mr. Carte mich sah und mich nach unten bat, wo ich seiner Meinung nach möglicherweise gebraucht würde.« Er blickte uns nacheinander unsicher an, vielleicht verwirrt von der Anwesenheit eines zweiten Arztes.

Hinter uns öffnete sich die Tür, und Holmes stand in Hemdsärmeln auf der Schwelle. Er hatte offensichtlich darauf gewartet, daß sich der Chor entfernte. Ich stellte Dr. Eccles vor, und Holmes nickte ihm kurz zu.

»Es hat einen Mord gegeben«, verkündete er in düsterem Ton, »und nichts darf verändert werden, bis die Polizei hier gewesen ist. Watson, Sie und Dr. Eccles können eintreten. Mr. Gilbert und Mr. Carte, ich muß Sie bitten, jenseits der Schwelle zu bleiben. Es ist kein schöner Anblick«, fügte er mit unterdrückter Stimme hinzu und trat zur Seite, um mich einzulassen.

Der Anblick hatte allerdings nicht viel für sich. Eine junge Frau mit tief rostbraunem Haar, nicht mehr als fünfundzwanzig Jahre alt, lag seitlings auf einem kleinen Sofa, das, von einem Toilettentisch und einem Stuhl abgesehen, das gesamte Meublement des Raumes darstellte. Ihr Erholungsschlaf war auf rüde Weise unterbrochen worden, und zwar durch einen scharlachroten Schnitt quer über die perlweiße Kehle, und ihr Lebensblut tropfte, ganz wie aus einem lecken Hahn, auf den Fußboden, auf dem sich eine Pfütze zu sammeln begann.

Der Anblick war so grauenvoll, die Vernichtung ihrer Existenz so jammervoll und unangemessen erscheinend, daß wir einen Augenblick völlig sprachlos waren.

Eccles hustete einmal und begann die bedauernswerte Kreatur zu untersuchen.

»Ihre Kehle wurde ziemlich sauber durchschnitten«, berichtete er mit schwacher Stimme. »Sie ist ein wenig verhärtet oberhalb der Wunde. Kann die Todesstarre so schnell eingesetzt haben?« fragte er sich selbst. »In ihren Fingern ist sie nicht zu finden, und ihr Blut ist noch – noch –«

»Sie klagte über Halsschmerzen«, erklärte ich, wobei ich ein hysterisches Verlangen unterdrücken mußte, über den Gedanken zu kichern. »Ihre Drüsen sind geschwollen.« Während ich dies sagte, verspürte ich selbst Halsschmerzen – eine abscheuliche Form des Mitgefühls.

»Ah, das muß es sein.« Eccles sah sich in dem kleinen Zimmer um. »Ich kann keine Waffe erblicken.«

»Es ist keine hier«, erwiderte Holmes. »Oder meine Suche hat sie nicht zum Vorschein gebracht.«

»Aber warum, *warum*? Warum wurde sie ermordet?« schrie Carte von der Tür her und zerrte mit seinen kleinen Händen am Kragen seines Anzugs, bis er ihn zerrissen hatte. »Wer würde so etwas tun wollen?«

Niemand war zu einer Antwort imstande. Ich sah Gilbert an. Er war auf eine Bank gegenüber dem Eingang gesunken und starrte mit glasigem Blick vor sich hin.

»Ich habe sie nicht sehr gut gekannt«, sagte er hölzern wie ein Träumender. »Aber sie war immer brav und guten Willens. Ein liebes junges Ding«, wiederholte er und begann zu blinzeln.

»Für uns ist hier nichts weiter zu tun, Watson«, verkündete Holmes und zog Jackett und Mantel wieder an.

Carte stürzte auf ihn zu und ergriff seine Rockaufschläge.

»Sie können nicht gehen!« rief er. »Sie dürfen nicht! Sie wissen, um was es hier geht! Ich bestehe darauf, daß Sie es mir sagen. Was für Fragen wollten Sie dem Mädchen stellen?«

»Meine Fragen waren nur für ihre Ohren bestimmt«, erwiderte der Detektiv gemessen. Er entfernte sanft die zitternden Hände des anderen. »Bitte verweisen Sie die Polizei an Dr. Watson und mich. Sie weiß, wo wir zu finden sind. Kommen Sie, Doktor.« Er wandte sich mir zu. »Wir haben eine Verabredung bei Simpsons, die jetzt wichtiger ist.«

Wir verbeugten uns und drückten Gilbert, der wie in Trance reagierte, die Hand, dann verließen wir Carte und den bestürzten Dr. Eccles, der die notwendigen Einzelheiten seiner Untersuchung niederzuschreiben hatte. Der arme Mann, er war wohl mehr an entzündete als an durchschnittene Hälse gewöhnt.

Als wir den Flur hinuntergingen, hörte ich, wie Carte an Gilbert gewandt vorschlug, den Rest der Probe abzusagen.

»Wir können nicht«, erwiderte Gilbert mit einer Stimme, die heiser und mit Emotion geladen war.

## KAPITEL SIEBEN

## Überfälle

Simpsons Café Diwan war nur ein paar Meter weiter im Strand, und es war kein Problem, vom Theater dorthin zu gelangen.* Dennoch sprang der eisige Wind mich beim Verlassen des Savoy an wie eine überschäumende Woge, und ich stolperte gegen den Kiosk neben dem Kartenschalter.

»Ist alles in Ordnung, Watson?«

»Ich glaube schon – nur ein wenig schwindlig.«

Holmes nickte verständnisvoll. »Es war recht warm dort drinnen – und gräßlich. Ich gebe zu, daß ich mich selbst ein wenig schwach fühle.« Er nahm meinen Arm, und wir betraten das Restaurant.

Um diese Zeit war es bei Simpson noch nicht voll.

* Das trifft auch heute noch zu. Simpsons und das Savoy sind erfreulicherweise bestehengeblieben, wenn auch beide neu erbaut wurden.

Mr. Crathie erkannte uns sofort, und wir bekamen ohne Schwierigkeiten einen Tisch. Es war erst Viertel vor acht, was uns ein wenig Zeit für privates Durchdenken der unerwarteten Ereignisse gewährte. Was mich betraf, so hatte ich nicht das geringste Bedürfnis zu essen. Ich verspürte allerdings einen allmächtigen Durst und bestellte Kognak und eine Karaffe Wasser. Der Kognak brannte in meiner Kehle wie Feuer, und ich mußte feststellen, daß ich nicht genug Wasser schlucken konnte.

»Wenn wir darauf bestehen, in diesem Wetter herumzulaufen«, bemerkte Holmes, »müssen wir damit rechnen, uns den Tod zu holen.« Auch er trank eine Menge Wasser und sah, wie ich fand, bleicher aus als gewöhnlich.

Wir saßen einige Augenblicke lustlos über unsere Speisekarte gebeugt, jeder in seine eigenen Gedanken versunken. Um uns begann sich das Restaurant mit lebhaft redenden Abendgästen zu füllen.

»Der Fall beginnt eine vertraute Form anzunehmen«, stellte Holmes fest, während er die Weinkarte beiseite legte.

»Was für eine Form ist das? Ich bekenne, daß ich gänzlich im dunkeln tappe.«

»Ein Dreieck, wenn mich nicht alles täuscht. Ich wäre äußerst überrascht, wenn es sich nicht um die alte Geschichte vom eifersüchtigen Liebhaber handelte, der von seiner Geliebten zugunsten eines anderen fallengelassen wurde. Möglicherweise eines einflußreicheren«, fügte er dunkel hinzu. Er zog sein Notizbuch aus der Jackentasche und entnahm ihm vorsichtig noch einmal das Stück Papier aus Jonathan McCarthys Notizbuch.

»Das muß ein sehr sonderbares Dreieck sein«, erwiderte ich, »wenn es eine so schiefe Seite enthält wie McCarthy. Wollen Sie mir wirklich weiß machen, daß diese hübsche junge Frau sich mit einem Mann seiner Art einlassen würde? Das kann ich mir einfach nicht vorstellen.«

»Ich muß von Ihrer Vorstellungskraft etwas mehr verlangen, Doktor, denn sie *hat* sich mit ihm eingelassen. Zumindest deutet das Beweismaterial in diese Richtung.«

»Was für Beweismaterial?« Der pochende Schmerz in meinem Kopf war fast so schlimm wie in der alten Beinwunde.

»Wildes Beweismaterial natürlich. Da seine Informationen über George Grossmith' Zuflucht zu Drogen eine entsprechende Reaktion in Carte hervorriefen, können wir ihm – zumindest vorläufig – wohl auch auf anderen Gebieten Genauigkeit unterstellen. Auf was können Sie sich zur Widerlegung einer solchen Annahme berufen? Auf Miss Rutlands unschuldiges Gesicht und auf Gilberts Zeugnis, der selbst zugab, daß er sie kaum kannte. Letztere Information widerlegt sich selbst. Was die erstere betrifft«, sann er mit einem träumerischen Blick auf das Stück Papier vor ihm, »was für eine Bedeutung hat das Äußere einer Frau? Frauen, selbst die Besten unter ihnen, sind verschlagene Kreaturen und zu mehr imstande, als wir Männer wahrhaben wollen. Daß sie McCarthys Geliebte war, bin ich auf der Grundlage des vorhandenen Beweismaterials geneigt zu glauben; ihre Motive dafür bin ich bereit, kennenzulernen.«

»Durch wen?«

Er zuckte die Achseln. »Ich denke, das wird bis zu einem gewissen Grade von Arthur Sullivan abhängen. Er hat sie eingestellt; an ihn werde ich mich wenden, um ein genaueres Porträt von ihr zu erhalten. Hallo!« Er beugte sich plötzlich nach vorn, zog sein Vergrößerungsglas und hielt es prüfend über den Fetzen.

»Was ist?«

»Hier ist die gestrige Eintragung, wenn ich mich nicht

gewaltig irre. Schauen Sie!« Er rückte das Papier zu mir herüber und hielt mir das Glas vor die Augen. Unter der Linse vergrößert, sah ich schwache Eindrücke, die offensichtlich von einem Bleistift stammten, der sich durch das darüberliegende Papier durchgedrückt hatte.

»Da ist etwas!« rief ich aus.

»Das denke ich auch. Ob es allerdings von Nutzen für uns sein wird, ist eine andere Frage.« Er sah sich um, winkte einem Kellner in der Nähe und bat ihn im einen Bleistift. Nachdem der Mann ihn gebracht und sich entfernt hatte, schlug Holmes einen Zipfel des weißen Tischtuchs zurück und legte das Papier sorgfältig auf die Holzfläche. Den Bleistift in einem möglichst kleinen Winkel haltend, begann er, die Mine leicht hin und her zu reiben. Allmählich erschienen, wie in einem Geisterfoto, die Einkerbungen in klarem Relief:

Jack Point – hier

»Wer kann das nur sein?« fragten wir uns beide gleichzeitig.

»Hier ist unser Orakel in solchen Fragen«, bemerkte Holmes aufschauend. »Vielleicht kann er uns helfen.«

Shaw stand im Eingang zum Restaurant, immer noch ohne Mantel (meine Zähne klapperten bei seinem bloßen Anblick). Er streckte die Nase in die Luft, als wolle er den Ort beschnüffeln, nicht bereit, einen Fuß zu regen, bevor er seines Willkommens nicht sicher war. Holmes hob die Hand und winkte ihm. Er kam eilig auf uns zu und ließ sich ohne große Umstände auf dem Sitz nieder, während der Detektiv das Tischtuch wieder glattstrich und das Papier gewandt in sein Notizbuch gleiten ließ.

»Was haben Sie herausbekommen?« wollte der Kritiker ohne Vorreden wissen. »Ich sterbe vor Hunger«, verkündete er, bevor einer von uns antworten konnte, und begann die Speisekarte zu studieren.

»Erst möchten wir einen Rat von Ihnen haben«, sagte Holmes leichthin. »Kennen Sie irgend jemanden mit dem Namen Jack Point?«

Shaw sah mit gefurchter Stirn von der Speisekarte auf.

»Jack Point?« wiederholte er bedächtig. »Nein, ich glaube nicht. Warum?«

»Könnte es jemand vom Theater sein? Vielleicht ein Schauspieler?« beharrte Holmes. Die erstaunten Stirnfalten des Kritikers vertieften sich.

»Oder der Name einer anderen Gilbertschen Figur?« warf ich ein. Sein Gesicht hellte sich auf, und er schnippte mit den Fingern.

»Natürlich! *Yeomen of the Guard!* Eine andere ihrer Opern«, erklärte er, »eine ernsthafte, die im Mittelalter spielt und vom Londoner Tower handelt.«

»Und Point? Wer ist das?«

»Ein Narr – eine ziemlich alberne und klägliche Figur; er verliert sein Herzblatt an einen hochgeborenen Lord, wenn ich mich recht entsinne.«

Holmes lächelte trübe. »Ah, Jack Point ist also unser Mann. Sehen Sie, Watson? Wir haben es mit jener geometrischen Figur zu tun, von der ich vor einigen Minuten sprach.«

»Wovon reden Sie eigentlich?« fragte Shaw brüsk. »Und warum sind Sie beide so bleich? Es ist Ihre Lebensweise, das glauben Sie mir nur. Mit all dem Hammelbraten, Alkohol und Tabak graben Sie sich beide ein frühes Grab. Sehen Sie mich an! Ich trage in diesem Wetter noch nicht einmal einen Mantel, und Sie sehen mich nicht schlottern wie Espenlaub.«

»Ersparen Sie uns die Ihrer Meinung nach einzig wirksame Kur, ich bitte Sie!«

»Dann erzählen Sie mir, was geschehen ist. Haben Sie Wilde gefunden?«

»In bester Form.« Der Detektiv schilderte unserem gesundheitsfanatischen Klienten die Begegnung im Salon des Avondale und das einmalige Nachspiel im Schreibzimmer. Sobald er den Marquis von Queensberry erwähnte und auf Wildes Anzeige zu sprechen kam, veränderte sich Shaws Verhalten aufs bemerkenswerteste. Er erbleichte, sprang auf die Füße und stand zitternd vor uns.

»Der Mann hat den Verstand verloren!« schrie er, zwängte sich an uns vorbei und rannte aus dem Restaurant. Holmes und ich starrten einander ungläubig und verständnislos an.

»Was bedeutet das?« fragte ich, aber Holmes zuckte nur die Achseln.

»Unsere Probleme liegen in Nr. 24 South Crescent und der Damengarderobe im Savoy-Theater – nicht im Salon des Avondale. Bis jetzt jedenfalls nicht.« Er sah auf die Uhr. »Heute abend werden wir Sir Arthur nicht mehr zu fassen bekommen, soviel ist klar.«

»Er würde es wohl auch kaum begrüßen, wenn wir ihn in einem Spiel Bakkarat mit seinen adligen Freunden unterbrechen würden«, stimmte ich zu.*

»Und ich muß sagen, daß mir nicht nach Essen zumute ist. Sollen wir gehen? Es handelt sich zweifellos um ein Drei-Pfeifen-Problem, und meine Kirschholzpfeife hat einen größeren Kopf als die Bruyère, die ich bei mir habe. Nicht, daß ich Lust zum Rauchen hätte.« Er schüttelte den Kopf und erhob sich. »Womöglich ist es Shaws Einfluß.«

»Ich glaube, ich werde noch ein paar Minuten hierbleiben«, murmelte ich.

* Biographischen Werken ist zu entnehmen, daß an diesen Spielabenden, bei denen es um hohe Einsätze ging, häufig der Prince of Wales teilnahm.

»Mein lieber Freund, Sie sind doch nicht ernsthaft krank?« Er legte eine Hand auf meine Stirn. »Sie fühlen sich recht warm an, ich aber auch.« Er wiederholte den Versuch mit seiner eigenen Stirn. »Es scheint, wir haben uns beide eine Erkältung eingefangen.«

»Ich werde bald wieder auf den Beinen sein«, behauptete ich und dachte währenddessen, daß ich mir noch nie eine sonderbarere Erkältung zugezogen hatte. »Gehen Sie nur, ich hole sie schon ein.«

»Sind Sie ganz sicher?«

Er zögerte noch einen Moment lang, betrachtete meine Züge mit forschenden Blicken und unterzog mich einer genauen Prüfung, bevor er sich mit einem Seufzer aufrichtete. »Nun gut. Wenn ich es bedenke, scheint mir ein warmes Bett in der Baker Street auch für mich selbst das beste. Kommen Sie, so schnell Sie können.«

Ich nickte schwer, und er ging. Nachdem er fort war, saß ich für einige Zeit da und spürte, wie das Fieber von meinem Körper Besitz ergriff. Ich trank etwas mehr Wasser aus der Karaffe. Der Kellner kehrte zurück und erkundigte sich nach der Bestellung. Ich sagte ihm, daß wir uns anders besonnen hätten, und begann aufzustehen. Er sah, daß mir nicht wohl war, und fragte, ob er mir eine Droschke besorgen solle.

»Danke, ich werde laufen. Die frische Luft wird mir guttun.«

Ich kam unsicher auf meine Füße und stolperte zur Tür, wo ich entdeckte, daß es erneut zu schneien begonnen hatte. Ich machte mich, inmitten der stillen frostigen Fluten in Schweiß gebadet, auf den Weg und stellte fest, daß meine vernünftigeren Zeitgenossen die frische Nachtluft gegen ein warmes Feuer und ein gemütliches Bett eingetauscht hatten.

Und dann geschah etwas so Unerwartetes, daß ich es

kaum glauben konnte. Ein Paar kräftige Arme umschlangen mich von hinten und zerrten mich aus dem Schein der Gaslampen in ein Gäßchen neben dem Restaurant. In meinem geschwächten Zustand war an einen Kampf nicht zu denken. Eine der behandschuhten Hände hielt mir nun die Nase zu, so daß ich nur durch den Mund atmen konnte, während die andere ein Gefäß voll Flüssigkeit an meine Lippen brachte und diese gewaltsam öffnete. Es war eine Frage von Trinken oder Ersticken, und ich trank notgedrungen, ein Sausen im Kopf und ein Hämmern in den Ohren, während meine Füße auf dem vereisten Pflaster wie wild unter mir wegrutschten Ich konnte weder meinen Angreifer noch die Farbe der Flüssigkeit sehen. Sie schmeckte bitter und war schwach mit Alkohol versetzt. Ich mußte das Zeug ganz austrinken, dann wurde ich losgelassen. Der Schock des Überfalls und mein Fieber machten mich hilflos. Ich versank in ohnmachtähnliche Dunkelheit und nahm nur undeutlich wahr, daß der Schnee begann, sich um mich zu häufen.

Wie lange ich in dieser Gasse lag, erfuhr ich erst sehr viel später. Zwei Polizisten auf ihrer Runde erspähten mich schließlich und gossen mir Brandy in die Kehle. Zunächst nahmen sie an, ich hätte früh am Abend zuviel getrunken, aber als ich erwachte, wies ich mich aus und teilte ihnen das Geschehene mit. Als sie merkten, daß es mir nicht möglich war, den Angreifer zu beschreiben, setzten sie mich in eine Droschke, und ich kehrte zur Baker Street zurück.

Dort erwartete mich eine neue Überraschung. Sherlock Holmes, der mit einigen Kissen im Rücken im Bett saß, teilte mir mit, daß er beim Verlassen des Restaurants in derselben Weise überfallen worden war.

## KAPITEL ACHT

## Mama, der Krebs und andere

Das Frühstück am nächsten Morgen in der Baker Street war eine schweigsame Mahlzeit. Holmes hörte sich meinen Bericht an und gab mir den seinen – einen äußerst ähnlichen –, dann aß er ohne ein weiteres Wort. Ich hatte trotz der nächtlichen Stunden im Schnee gut geschlafen, und das Fieber war verschwunden. Mit seinem Nachlassen stellte sich mein Appetit wieder ein, und ich frühstückte herzhaft, während wir in Gedanken der Sache nachhingen.

»Es scheint uns keinen Schaden getan zu haben«, ließ Holmes sich schließlich herbei, zu bemerken.

»Eher das Gegenteil, würde ich sagen.«

Er nickte und schenkte mehr Kaffee ein. »Ich kenne Eltern, die ihre unwilligen Kinder auf diese Weise dazu gebracht haben, Medizin zu schlucken.« Er legte seine Serviette beiseite und griff nach seiner Tonpfeife. Keiner von uns konnte auch nur die geringste Beschreibung des geheimnisvollen Täters geben. Was immer sein Motiv war, es mußte – wie so vieles andere in dieser bizarren Angelegenheit – für den Augenblick sich selbst überlassen bleiben, bis sich weitere Tatsachen angesammelt hatten.

»Ist es immer noch Ihre Absicht, Arthur Sullivan aufzusuchen?«

»Mehr denn je. Ich hoffe, daß er unsere kärglichen Informationen über Jack Point anreichern kann. Wenn nicht, dann wird uns nichts anderes übrigbleiben als die echte Plackerei der Detektivarbeit, wie sie so ausgezeichnet in Craigs Court ausgeübt wird.* Das heißt, wir müßten Miss Rutlands Wohnung aufsuchen, mit ihren Nachbarn sprechen und so weiter. Es handelt sich um die Art von gehobenem Spionieren, bei der man gewöhnlich eine gute Verkleidung braucht, denn die Leute verstummen, wenn sie glauben, man wolle etwas in Erfahrung bringen. Haben sie nicht diesen Eindruck, dann drängen sie einem ihr Wissen geradezu auf. Kommen Sie mit?«

»Ja, natürlich.«

Ich wollte meinen Worten die Tat folgen lassen und begann, ein Jackett überzuziehen, als ein Klopfen an der Tür erklang, gefolgt vom Eintritt der Hauswirtin.

»Ein Junge hat dies für Sie an der Haustür abgegeben, Mr. Holmes.«

»Danke, Mrs. Hudson.« Er nahm ihr den kleinen, braunen Umschlag ab.

»Kann ich das Mädchen abräumen lassen?«

»Was? Ja, ja.«

Gänzlich abgelenkt wie ein Kind mit einem neuen

* Craigs Court in Whitehall war das Zentrum des Privatdetektivgeschäfts mit nicht weniger als sechs Agenturen unter einem Dach.

Spielzeug, ging Holmes hinüber zum Bogenfenster und hielt das Päckchen in das trübe Sonnenlicht.

»Hm. Kein Poststempel, natürlich. Die Adresse in Schreibmaschinenschrift – auf einer Remington, die ein neues Farbband braucht. Papier. Hm. Papier ist indisch – ja, eindeutiges Wasserzeichen –, keine sichtbaren Fingerabdrücke –«

»Holmes, um Himmels willen, öffnen Sie es.«

»Alles zu seiner Zeit, mein Bester, alles zu seiner Zeit.« Er hatte allerdings mittlerweile die Untersuchung des Umschlags beendet und ging nun dazu über, ein Ende mit dem Taschenmesser aufzuschlitzen, das er für solche Zwecke auf dem Kaminsims liegen hatte. Er zog ein zusammengefaltetes Blatt aus dem gleichen, dunklen Material heraus und breitete es auf den Knien aus.

»*Liverpool Daily Mail, Morning Courant, London Times* und die *Saturday Review*, wenn ich nicht irre«, murmelte er, während er den Bogen mit geübtem Blick überflog.

»Wovon reden Sie da?«

»Von den verschiedenen Ursprüngen dieser Ausschnitte. Hier.« Er reichte mir das Stück Papier. Die Botschaft lautete:

WenN euch daS Leben LIEB IST
BLEIBT weg vom Strand

Eine Unterschrift fehlte. Als ich die Mitteilung mit ihrer willkürlichen Anordnung von Buchstaben betrachtete, die ausgeschnitten und neu zusammengestellt worden waren, dachte ich an unser Abenteuer am vorigen Abend, und ein Schauder der Angst lief mir den Rücken hinunter. Ich habe diese Empfindung nicht oft gehabt, kann aber versichern, daß sie mir nicht fremd ist. Ich spürte mein Blut erkalten, als sei mein Fieber zurückgekehrt. Ich sah von dem Papier auf und fand Holmes' graue Augen forschend auf mich gerichtet.

»Sind Sie noch mit dabei, Watson?« rief er. Es war deutlich zu sehen, daß er den Brief als Herausforderung betrachtete.

»Ja. Sagen Sie mir, sind Sie sich ganz sicher über die Zeitungen, aus denen diese Worte geschnitten wurden?«

»Sie wissen, daß ich imstande bin, nicht weniger als zwölf periodische Veröffentlichungen einwandfrei anhand ihres Schriftbildes zu identifizieren«, erwiderte er mit einem gekränkten Blick.

»Also läßt der Brief selbst Sie nichts vermuten?«

»Abgesehen von der Tatsache, daß der Autor anonym zu bleiben wünscht, sehr wenig.« Er zwinkerte. »Was für eine Vermutung haben Sie?«

»Nun, sehen Sie sich doch nur die Quellen an, die er verwendet hat!« rief ich einigermaßen aufgeregt, »den *Morning Courant* und die *Saturday Review*. Führt uns das nicht auf meine Theorie von der erbitterten Rivalität zwischen den beiden Blättern zurück?«

»Hören Sie, bringt es uns von dieser Ihrer Theorie nicht eher ab? Nur ein Narr würde in der Situation, in der Sie sich ihn denken, diese beiden Blätter für seinen Brief verwenden. Und außerdem, wie erklärt Ihre Theorie den Mord an der armen Miss Rutland?«

»Sie erklärt ihn nicht«, gab ich kleinlaut zu, »nicht im Augenblick. Aber wie erklären Sie sich Shaws stürmischen Aufbruch im Restaurant? Wie fügt sich das in Ihr kostbares Dreieck ein?«

»Wollen Sie damit unterstellen, daß es Shaw war, der draußen auf uns lauerte und die sonderbare Attacke ausführte?«

»Er ist offensichtlich nicht stark genug. Außerdem können wir in keiner Weise feststellen, ob die Attacken etwas mit dieser Affäre zu tun haben.«

Holmes warf seinen Mantel über. »Alles andere würde mich sehr überraschen und Sie ebenfalls; kommen Sie, geben Sie es nur zu. Nein, mein lieber Watson, ich glaube, daß unser Briefschreiber die nötigen Worte nahm, wie sie sich gerade fanden. Schließlich sind der *Courant* und die *Review* viel gelesene Blätter. Lassen Sie uns gehen.«

Wir lasen unsere Morgenzeitungen auf dem Weg zum Lyzeum in der Droschke. Es fand sich eine kurze Meldung über Wildes Anzeige gegen den Marquis von Queensberry sowie ein recht ausführlicher Bericht (auf einer anderen Seite) über den Mord im South Crescent. Letzterer beruhte nachdrücklich auf den Ausführungen Inspector G. Lestrades, der ankündigte, er werde ›dem Täter in kürzester Zeit auf den Fersen sein‹, und der den Mörder für die Presse in einer geschickten Abwandlung von Holmes' eigenen Worten beschrieb.

Holmes lachte vor sich hin, während er den Bericht überflog. »Es gibt ein paar tröstliche Beispiele für Beständigkeit in dieser wirbelnden Welt, Watson«, sagte er, »und zu ihnen muß Lestrade gezählt werden. Der Mann ist sich in den vergangenen zwölf Jahren gleich geblieben bis aufs letzte Härchen.«

»Miss Rutland wird in der Zeitung nirgendwo erwähnt«, stellte ich fest.

»Das ist schon möglich. Ich glaube, die *Times* geht früh am Abend schlafen, aber wir werden zweifellos etwas in der Nachmittagsausgabe finden. Dem Mörder wird die zweifelhafte Befriedigung zuteil werden, sich zweimal an einem Tag gedruckt zu sehen.«

»Sie sind also überzeugt, daß es sich um denselben Täter handelt?«

»Meiner Meinung nach wäre alles andere übertriebener

Zufallsglaube. Außerdem hat er denselben Stil – und dieselben Schuhe.«

»Mir ist keine besondere Ähnlichkeit zwischen den Verbrechen aufgefallen. Im Gegenteil, das erste scheint spontan begangen worden zu sein, während das zweite Anzeichen einer überlegten Handlung aufweist.«

»Das stimmt. Es stimmt aber auch, daß in beiden Fällen eine messerähnliche Waffe benutzt wurde – wie zutreffend, daß McCarthy ihn in seinem Notizbuch als Jack Point bezeichnet! –, und in beiden Fällen verfügte der Mann über mehr als elementare Kenntnisse in Anatomie. Man muß sagen, daß er seine Halsschlitzerei mit der Präzision eines Chirurgen ausführte und sein zweites Opfer mit humaner Geschwindigkeit ins Jenseits befördert haben muß.«

»Human!«

»Nun, vergleichsweise.«

»Wie vereinbaren Sie das impulsive Verbrechen mit dem überlegten?«

»Ich kann sie bisher nicht miteinander vereinbaren, aber ich will eine vorläufige Theorie aufstellen: Jack Point, unser verschmähter Liebhaber, erfährt im Gespräch mit Jonathan McCarthy aus uns unbekannten Gründen von der Liebesbeziehung des letzteren. Er verübt den Mord an dem Mann in spontaner, die Rache an seiner treulosen Geliebten in kalter Wut. Ah, hier ist das Lyzeum!«

Wir verließen die Droschke und traten vor die imposanten Säulen dieses ehrfurchtgebietenden Gebäudes. Ich bewegte mich wie in Trance auf die dritte Säule von links zu.

»Ist Ihnen auch wohl, Watson? Ich hatte vergessen –«

»Ich glaube schon.« Ich verweilte für einige Augenblicke an die Säule gelehnt, und meine Augen begannen, sich mit Tränen zu füllen. Zu dieser Säule hatten Holmes und ich vor sieben Jahren die junge Mary Morsten, meine spätere Frau, begleitet, als wir in den Fall verwickelt waren, der sie zuerst zu uns geführt hatte.* Ihr verfrühter Tod lag jetzt beinahe drei Jahre zurück, und niemals in all dieser Zeit war ich dem Ausgangspunkt unseres gemeinsamen großen Abenteuers so nahe gekommen. Ich rang nach Haltung und gab zu verstehen, daß ich bereit war.

Die Vordertüren des Lyzeums waren offen, und wir betraten das elegante Foyer.

»Kann ich Ihnen behilflich sein?« Die tiefe Stimme, die diese Worte sprach, erschreckte uns um so mehr, als unerfindlich war, woher sie kam. Das Rätsel löste sich schnell, als die verdeckten Fenster des Kartenschalters aufgestoßen wurden und wir uns einem dunklen, bärtigen Mann mit einer Adlernase und ausdruckslosen schwarzen Augen gegenübersahen. Er saß hinter Gittern wie ein Kassenbeamter, und ich empfand bei seinem Anblick, daß er dort von mir aus gerne bleiben könnte.

»Kann ich Ihnen behilflich sein?« wiederholte er in dem gleichen, hölzernen Ton.

»Wir suchen nach Sir Arthur Sullivan«, klärte Holmes ihn auf. »Ist er heute morgen hier? Man hat uns gesagt, wir würden ihn hier finden.«

»Wer will ihn sprechen?«

»Mr. Sherlock Holmes.«

Die bärtige Erscheinung blieb während dieser Worte stocksteif, erhob sich dann mit beängstigender Entschlußfreudigkeit und schlug schmetternd die Läden zu. Im nächsten Moment öffnete sich die Tür zum Schalter, und zum Vorschein kam ein nicht ganz einssiebzig großer Mann in dunklem, tadellosem Anzug, der seinen kraft-

* Einzelheiten dieses Falles finden sich in Watsons zweitem Opus, *Das Zeichen der Vier*.

vollen, um nicht zu sagen, athletischen Körperbau keineswegs verbarg.

»Sherlock Holmes?« Die unergründlichen schwarzen Augen glitten zwischen uns hin und her. Holmes neigte ein wenig den Kopf.

»Sie wünschen Sir Arthur zu sehen? Er spricht gerade mit Sir Henry. Kann ich Ihnen mit etwas helfen?« Das Angebot entbehrte jeglicher Wärme.

»Sie können mir zu Sir Arthur verhelfen«, erwiderte Holmes, von der drohenden Visage des Mannes gänzlich unbeeindruckt. »Und Sie können John Henry Brodribb meine Grüße ausrichten.«

Die Augenlider des Mannes zuckten, als sei eine Reitpeitsche vor seinem Gesicht geschwungen worden. Es war soweit seine einzige menschliche Reaktion. Er drehte sich ohne weiteren Kommentar auf der Ferse um und betrat das Theater.

»Was für ein eigentümlicher Charakter. Ich muß sagen, Holmes, es scheint in diesem Beruf keine normalen Individuen zu geben.«

»Es gab eine Zeit, da hätten anständige Hotels sie nicht aufgenommen«, stimmte er zu, »und es pflegte ein Gemeinplatz zu sein, darauf zu verweisen, daß es ein Schauspieler war, der Präsident Lincoln erschoß.« Er schürzte die Lippen und versuchte, sich an etwas zu erinnern. »Sagte dieser Mann ›Sir Henry‹? Doch sicherlich nicht.«

Ich wollte ihm gerade antworten und meine eigenen Spekulationen vorbringen, als das Klappern von Pferdehufen auf dem Kopfsteinpflaster vorm Theater unsere Aufmerksamkeit auf sich zog.

Ein geschlossener vierrädriger Einspänner war vorgefahren, und ihm entstieg die hübscheste Frau, die ich je gesehen hatte. Ihre Figur war adrett und mädchenhaft,

obwohl ich, als sie näher kam, sehen konnte, daß sie auf die Fünfzig zuging. Dennoch waren ihre Haare unter dem verwegen aufgestülpten Hut blond und ihre Augen von leuchtendem Blau. Ihre Nase über einem ausdrucksvollen und humorvollen Mund war winzig, aber edel geformt. Lachte sie – was oft geschah –, so konnte ich einen Blick auf ihre vollkommen weißen Zähne werfen, die wie Perlenschnüre glänzten.

Es waren aber nicht die einzelnen Züge, die Bewunderung erregten, sondern eher das ›*tout ensemble*‹. Hier war ein liebenswürdiger Intellekt am Werke, der all das miteinander verband. Was vorherrschte, war der Eindruck von Vernunft und menschlicher Wärme, in deutlichem Kontrast zu der Person, die wir zuvor in diesem Foyer getroffen hatten. Was für ein Ort der Extreme!

Die Frau warf, während sie dem Brougham entstieg, dem Kutscher (man denke) eine Kußhand zu und tanzte ins Foyer.

»Guten Morgen!« rief sie fröhlich, als sie uns bemerkte. »Es werden vor zwölf Uhr keine Tickets verkauft, wissen Sie – aber Sie haben ganz recht, sich früh anzustellen; sie sind die ganze Woche über wie warme Semmeln weggegangen!«

»Habe ich die Ehre, mit Miss Ellen Terry zu sprechen?« lächelte Holmes.

Das entzückende Geschöpf lächelte ebenfalls und erwiderte seine Verbeugung mit einem anmutigen Knicks.

»Entschuldigen Sie, aber Sie kommen mir auch bekannt vor«, erwiderte sie. »Sind Sie Schauspieler gewesen?«

»Lange Jahre nicht mehr – jedenfalls nicht auf der Bühne. Aber ich habe einmal, vor vielen Jahren, mit John Henry Brodribb auf den Brettern gestanden.«

Ihre Augen weiteten sich vor Erstaunen, und sie brach in mädchenhaftes Gelächter aus.

»Nein! Sie haben mit dem Krebs gespielt, bevor er der Krebs *war*? Dafür sind Sie aber nicht alt genug«, sagte sie scherzhaft.

»Ich versichere Ihnen, daß das nicht zutrifft. Ich war damals acht Jahre alt und spielte einen Pagen in einer Aufführung des *Hamlet* in York. Meine Eltern saßen im Auditorium und erkannten mich. Sie waren entsetzt.«*

»Aber das ist wundervoll! Weiß er, daß Sie hier sind, um ihn zu besuchen? Er wird sich so freuen! Oh, aber ich fürchte, er ist gerade sehr beschäftigt. Wiederaufnahmen sind so mühselig. Wir versuchen, uns in Erinnerung zu rufen, was wir mit *Macbeth* anstellten, als wir das erste Mal Erfolg damit hatten.«**

»Es war eben ein dunkelhaariger, bärtiger Herr hier. Ich glaube, er ist mit meiner Botschaft unterwegs.«

»Oh, Sie haben Mama getroffen.«

»Wie bitte?«

»Verzeihen Sie mein *penchant*« – Sie sprach das Wort französisch aus – »für Spitznamen. Irving sagt, ich sei unverbesserlich.«

»Ich nehme an, daß Irving der Krebs ist?«

»Aber natürlich!« lachte sie schelmisch. »Oh, Sie müssen ihn nicht wissen lassen, daß ich das gesagt habe. Er ist sehr empfindlich, was seine Gangart betrifft.«

»Und Mama?«

»Das ist Mr. Stoker, unser Manager und Sekretär. Er hat solche beschützenden Gefühle für uns alle, daß ich ihn Mama nenne.«

»Bram Stoker?«

* Holmes in seinem achten Lebensjahr in die Gegend von York zu versetzen, scheint mit Baring-Goulds Biographie übereinzustimmen, in der die Kindheit des Detektivs in Donninthorpe beschrieben wird.

** Irving brachte *Macbeth* das erste Mal 1888 auf die Bühne.

»J-ja. Kennen Sie ihn auch? Ich kenne Ihrer beider Namen nicht«, stellte sie plötzlich mit erneutem Lachen fest, »und doch habe ich mit Ihnen geschwatzt, als seien wir alte Freunde.«

»Verzeihen Sie. Mein Name ist Sherlock Holmes, und dies ist mein Freund, Dr. Watson.«

»*Jetzt* weiß ich, warum Sie mir bekannt vorkommen!« Sie schlug die behandschuhten Hände entzückt zusammen. »Ich habe ein Bild von Ihnen im *Strand Magazin* gesehen, nicht wahr?« Sie lachte vor Vergnügen, weil sie uns eingeordnet hatte, dann brach sie ab. »Sind Sie aus beruflichen Gründen hier?«

»Sozusagen, obwohl es sich da um ein Gespräch mit Sir Arthur Sullivan handelt, nicht mit Sir Henry.«

»Oh, so dürfen Sie ihn jetzt noch nicht nennen; es ist noch zwei Monate bis dahin.* Mama kann es natürlich nicht lassen – er liebt Titel und Würden –, es macht Irving ganz wild. Mit Sullivan, wie?« Sie runzelte die Stirn und wippte mit dem Fuß, dann lächelte sie resolut. »Nun, kommen Sie mit, ich will sehen, ob wir nicht beide zu fassen bekommen.« Sie wandte sich dem Theatereingang zu, als sich plötzlich die Tür öffnete und Stoker wieder erschien. Miss Terry gab einen leisen Angstschrei von sich, dann lachte sie wieder, wobei sie eine Hand auf ihren Busen legte.

»Wie Sie mich erschreckt haben, Bram!«

»Entschuldigen Sie vielmals«, sagte er steif. Die Geschwindigkeit, mit der die Tür geöffnet worden war, erweckte in mir den Verdacht, daß er einen guten Teil der Unterhaltung belauscht hatte. »Sir Arthur ist bereit, Sie zu empfangen«, teilte er uns frostig mit.

»Ich zeige ihnen den Weg, danke, Bram.«

* Henry Irving wurde zwei Monate später von Königin Victoria zum Ritter geschlagen und war damit der erste seines Berufsstandes, dem diese Ehre zuteil wurde.

»Sie sind im Clubzimmer, Ellen.« Er trat, die Tür für uns offenhaltend, zur Seite und verbeugte sich tief vor der Dame, was mir übertrieben formell erschien. Wir betraten das Theater und folgten Miss Terry den Mittelgang hinunter.

»Liebste Mama«, bemerkte sie.

Das Lyzeum, das ich einige Zeit nicht gesehen hatte, war ein unglaublich prunkvolles Theater und berühmt für den rückhaltlosen künstlerischen und finanziellen Aufwand, der in seine Inszenierungen investiert wurde. Auf der Bühne, der wir uns näherten, befand sich eine atemberaubende Wiedergabe der Heide im ersten Bild von *Macbeth*. Es waren echte Bäume vorhanden, Büsche und ein dreidimensionales Felsen-Terrain. Die Wirkung war so überwältigend, daß wir einen Augenblick in Staunen verharrten.

»Ist es nicht bemerkenswert?« meinte Miss Terry. »Sir Edward Burne-Jones entwirft oft für uns. Manchmal denke ich, die Zuschauer kommen nur, um das Bühnenbild zu bewundern.«

»Was ist das Clubzimmer?« erkundigte ich mich, als wir durch eine Seitentür die verworrene Welt hinter der Bühne betraten. Überall waren hämmernde und sägende Schreiner, deren laut geschriene Anordnungen uns zwangen, unsere Stimmen zu erheben.

»Ah, es ist Irvings ganzer Stolz. Samuel Arnold*, der Komponist, der das erste Lyzeum – vor diesem hier – baute, hat es vor Jahren für seine ›Sublime Society of Beefsteaks‹ angefügt. Sheridan war Mitglied, wissen Sie! Und Irving hat es restaurieren lassen. Es gehört eine Küche dazu, und er liebt es, nach einer Aufführung Gäste zu bewirten und sich zu entspannen. Hier sind wir.« Sie hielt vor einer Tür

* Urgroßvater Edgar Alan Poes.

an, die in den rückwärtigen Teil des Gebäudes führte. »Mir ist, als sei ich Mr. Stoker schon einmal begegnet«, bemerkte Holmes beiläufig. »Wohnt er nicht in Soho?«

Ellen Terry fuhr herum und legte hastig den Finger auf den Mund.

»Pst! Oh, bitte, *bitte*, Sie dürfen davon dort drinnen nichts erwähnen! Es war solch eine heikle Sache, als es das erste Mal vorkam! Ich glaube nicht, daß Irving ihm je vergeben hat, und es ist Jahre her.«

»Was wollen Sie damit sagen? Ist er –?«

»Pst, ich *flehe* Sie an, Mr. Holmes!« Sie lehnte ihren Kopf gegen die Tür und lauschte intensiv, dann bedeutete sie uns mit einem Schmunzeln, desgleichen zu tun. Sie hatte trotz ihres vorgeschrittenen Alters den Charakter und die Energie eines jungen Mädchens. Auf ihr Geheiß lehnten wir ebenfalls unsere Köpfe an die Tür.

»Nein, nein, nein, mein lieber Freund!« erklang eine ungewöhnlich tiefe, sehr nasale Stimme. »Musikalisch ist es sicher ausgezeichnet, aber für unsere Zwecke eignet es sich nicht. Paß auf! Ich *sehe* die Degen, und ich will, daß das Publikum sie hört.«

»Aber Henry, wie hören sich Degen an?« erwiderte eine hohe, etwas weinerliche Stimme.

»Wie sie sich anhören? So –«, und dann vernahmen wir die ausgefallenste Folge von Gegrunze und Geknurre, das sich abwechselnd wie rostige Türangeln und wie ein Bienenkorb anhörte.

»O ja, ja! Ich verstehe, was du meinst! Das ist besser!« rief die hohe quäkende Stimme aus. »Ja, ich glaube, das läßt sich machen.«

»Gut.«

Miss Terry, die sich lange genug amüsiert hatte, klopfte energisch an die Tür und öffnete, ohne auf eine Antwort zu warten.

»Es tut mir so leid, euch zu stören, meine Lieben«, sagte sie in geschäftlich-sachlichem Ton, »aber hier sind die beiden Herren, die Sir Arthur sehen wollen.« Was für eine Schauspielerin sie war!

Das geräumige Gemach, in das wir eingelassen wurden, schien in der Tat der ideale Zufluchtsort nach einer anstrengenden Aufführung. Es wurde zum großen Teil von einem langen Eichentisch eingenommen, an dem dreißig Personen sich leicht für ein, zwei Stunden mit mehreren Flaschen und kaltem Geflügel vergnügen konnten.

Am entfernten Ende des Tisches, unter Portraits von David Garrick und Edmund Kean, saßen zwei einsame Gestalten beieinander wie Verschwörer, die beim Schmieden eines anarchistischen Komplotts unterbrochen worden waren.

Der größere der beiden war ein melancholischer Mann von Ende Fünfzig, mit hohlen Wangen, langem grauen Haar, durchdringenden Augen von unbestimmter Farbe und beflissenem und ernsthaftem Gebaren. Er erhob sich höflich und verneigte sich bei unserem Eintreten. Um die Schultern trug er eine sorgfältig drapierte, schwere dunkelbraune Pelerine, die seiner distinguierten Erscheinung einen angemessenen theatralischen Anstrich verlieh.

Sir Arthur Sullivan erhob sich ebenfalls. Er war bei weitem nicht so groß wie Henry Irving, auch war seine Kleidung weniger dramatisch. Er trug seinen teuren Anzug mit Selbstverständlichkeit, ganz wie jemand, der an exquisite Dinge gewöhnt ist, und war, wenn auch ein wenig rundlich, von gutem, dunklem und leicht jüdischem Aussehen. Seine melancholischen Augen waren glänzend braun und erinnerten mich, während sie kurzsichtig durch das Pincenez auf seiner Nase starrten, stark an die einer Kuh. Er trug wie Gilbert einen langen Backenbart, der nach meiner Meinung dazu diente, ihn älter erscheinen zu lassen, als er war.

Er hielt während unserer Konversation die rechte Hand in einem unnatürlichen Winkel gegen seinen Magen gepreßt. Alles in allem waren sein Gesicht und seine Haltung die eines kränkelnden Mannes.

»Meine Herren«, sagte Irving in seinem eigentümlichen nasalen Ton, »entschuldigen Sie, daß wir Sie haben warten lassen.«

»Entschuldigen Sie, daß wir Sie in Geschäften unterbrechen.«

»Ich habe fast den ganzen Morgen mit der Polizei verbracht«, teilte Sullivan uns trübsinnig mit, während er uns die Hände schüttelte. »Ich wüßte nicht, was ich Ihnen noch sagen könnte, da ich der Polizei alles mitgeteilt habe. Darf ich fragen, in wessen Auftrag Sie zu mir gekommen sind?«

Plötzlich rang er nach Atem, erblaßte und hielt sich krampfhaft die Seite. Irving fing ihn liebevoll auf, als er stolperte, und ließ ihn sanft in einen Sessel gleiten. Sullivan dankte dem Schauspieler im Flüsterton, und dieser wandte er sich Atem schöpfend um und wiederholte die Frage.

»Wir sind hier im Namen der Gerechtigkeit«, teilte ihm Holmes, den Schwächeanfall für den Augenblick ignorierend, mit. »Prosaischer ausgedrückt, wir wurden von Mr. Bernard Shaw aufgefordert, die Angelegenheit zu untersuchen.«

Die Reaktion der beiden Männer auf diese Mitteilung war verblüffend. Sullivan runzelte verständnislos die Stirn, während Irvings Züge sich umwölkten, was seine Gesamterscheinung noch düsterer erscheinen ließ. Er erhob sich abrupt.

»Shaw?« rief er aus, und seine Höflichkeit ließ ein wenig nach. Er schoß Ellen Terry einen Blick zu. »Nellie, hast du etwas damit zu tun?«

»Henry, mein Bester, ich gebe dir mein Wort, daß ich

nichts davon weiß«, erwiderte Miss Terry ganz bestürzt. »Ich habe diese Herren eben erst im Foyer getroffen.«

Irving starrte unheilverkündend auf den langen Tisch. Als er zu gehen – oder vielmehr zu schlurfen – begann, fiel mir auf, wie stark er die rechte Schulter vorschob, und ich mußte über Miss Terrys Spitznamen lächeln.

»Ich warne dich, Nellie«, sagte er von der Tür her, »ich warne dich. Dieser entartete Mensch kommt mir nicht in dieses Theater!«

»Er ist kein entarteter Mensch, Henry. Was redest du da?« erwiderte sie energisch. Irving fuhr fort, als habe er nichts gehört.

»Er kommt mir nicht in dieses Theater, und seine widerwärtigen Stücke werden von mir nicht aufgeführt. Und sollte er noch mehr Gefasel über unsere Arbeit veröffentlichen, werde ich ihn persönlich verprügeln.«

»Henry«, protestierte sie, sah uns ängstlich an und lächelte nervös, »dies ist nicht der Ort und die Stunde –«

»Soll er mit Granville Barker im ›Court‹ bleiben, wo er hingehört«, murrte Irving, nachdem er sich etwas beruhigt hatte. »Wo sie *alle* hingehören: Ich will weder ihn noch seine Stücke. Hast du das verstanden?«*

»Ja, Henry«, sagte sie demütig. »Komm nun, wir wollen die Herren alleine lassen.«

Das brachte den Schauspieler wieder zu sich, und er wandte sich mit einer erneuten Verbeugung zu uns um.

»Verzeihen Sie mir diesen Ausbruch, meine Herren. Ich weiß, ich lasse mich manchmal hinreißen. Unser eng-

* Dieser Hinweis auf das Court Theater ist sehr rätselhaft, da er den Ereignissen um Jahre vorgreift. Vielleicht hat Watson hier sein Gedächtnis im Stich gelassen. Es kann sich aber auch um einen Fehler des Herausgebers handeln, da an dieser Stelle der Wasserschaden an dem Manuskript ausnehmend schwer war. Dennoch, es liest sich wie ›mit Granville Barker im Court‹ etc.

lisches Theater wird binnen kurzem eine von zwei Richtungen einschlagen, und mir liegt sehr stark an einer von ihnen.«

Er sprach einfach und mit so ehrlicher Empfindung, daß wir, denen seine Ideen fremd waren, verlegen und wohl auch bewegt von dieser Zurschaustellung unverhohlener Emotionen die Köpfe neigten.

»Komm Henry.« Irving ließ sich von Miss Terry aus dem Zimmer führen, ein müder Titan im Schlepptau einer nicht mehr ganz jungen Dresdener Schäferin.

Wir waren allein mit dem Komponisten.

## KAPITEL NEUN

### Sullivan

»Kommen Sie wirklich von Bernard Shaw?« begann Sullivan gereizt, nachdem sich die Tür geschlossen hatte. »Warum mischt er sich da hinein? Der Mann ist ein unerträglicher Wichtigtuer und, von seinen musikalischen Kenntnissen abgesehen, in meinen Augen vollkommen wertlos.«

»Er hat uns nicht speziell Miss Rutlands wegen engagiert«, erwiderte Holmes, während er einen der großen Stühle heranzog, »sondern in Verbindung mit dem Mord an Jonathan McCarthy.«

Der Komponist, der sich in einem erneuten Krampf zu winden begann, drehte sich in seinem Sitz dem Detektiv zu.

»Erlauben Sie, aber das leuchtet mir noch weniger ein, denn die beiden konnten einander nicht ausstehen.«

»Eine beträchtliche Anzahl von Personen war gegen Jonathan McCarthy eingenommen, das steht fest.«

»Zugegeben. Shaw mag eine boshafte Zunge haben, aber er äußert sich stets zur Sache. McCarthy war ein Parasit, der Kunst und Künstler ausbeutete, das ist etwas anderes.« Er versuchte, sich zu erheben, rang wieder nach Luft und fiel vornübergebeugt in den Sessel, wobei er seine

Seite umklammert hielt, als wolle er sie mit einem verzweifelten Ruck herausreißen. Sein Pincenez rutschte ihm von der Nase und schaukelte, nur Zentimeter vom Boden entfernt, heftig an dem schwarzen Band hin und her.

»Sie sind ernsthaft krank!« rief ich und eilte ihm zu Hilfe. Er konnte eine Weile nicht antworten, sondern lag, nach Luft schnappend wie ein Fisch auf dem Trockenen, im Sessel. Ich löste seine Krawatte und nahm ihm den Kragen ab. Dann erblickte ich die Küche, von der Ellen Terry gesprochen hatte, und stürzte hinein, um Wasser für ihn zu holen. Er trank es mit mühsamen Schlucken. »Ich danke Ihnen.«

»Sie sind zu krank, um dies Gespräch fortzuführen«, erklärte ich, was mir einen finsteren Blick von Sherlock Holmes am anderen Tischende eintrug.

Sir Arthur setzte sich langsam auf. Ein angespanntes Lächeln verzog sein Gesicht. »Krank? Ich sterbe. Diese Nierensteine sind eifrig am Werk und werden es bald beendet haben.« Er zuckte schwach die Achseln und setzte sein Pincenez wieder auf. »Wenn der Schmerz nachläßt, gehe ich nach Monte Carlo und entspanne mich; wenn er zurückkehrt, dann arbeite ich, um ihn zu vergessen. Ich bin in London und arbeite, ergo ist er zurück.«*

»Können Sie weitersprechen?« fragte Holmes zögernd.

»Ich kann und ich will, vorausgesetzt, daß Sie mich von der Relevanz Ihrer Fragen überzeugen.« Sullivan richtete sich in seinem Sessel auf und befestigte seinen Kragen mit nervösen, zarten Fingern.

»Finden Sie es nicht einen bemerkenswerten Zufall, daß beide Morde innerhalb von vierundzwanzig Stunden verübt wurden?«

* Sullivan erlag seinem Leiden fünf Jahre später.

»Inspector Lestrade schien nicht so zu denken. Er erwähnte die McCarthy- Affäre noch nicht einmal, als ich heute morgen mit ihm sprach.«

»Die Polizei hat ihre eigenen Methoden«, erklärte Holmes taktvoll. »Und ich habe die meinen. Ich kann Ihnen rundweg versichern, daß die beiden Todesfälle miteinander zu tun haben.«

»Wieso?«

»Sie wurden von derselben Hand verursacht.«

Sullivan lächelte schwach. »Ich habe Dr. Watsons Aufzeichnungen Ihrer Fälle mit lebhaftestem Interesse gelesen«, bekannte er, »und ich habe sie immer erfreulich stimulierend gefunden. Dennoch werden Sie mir vergeben, wenn ich in dieser Sache Ihr Wort nicht als beweiskräftig erachte.«

Holmes, dem klar wurde, daß Sullivan kein Schwachkopf war, seufzte. Er würde mehr Karten auf den Tisch legen müssen.

»War Ihnen bekannt, Sir Arthur, daß Jessie Rutland Jonathan McCarthys Geliebte war?« Der Komponist erbleichte, als erleide er eine erneute Attacke seiner tödlichen Krankheit.

»Das ist unmöglich!« erwiderte er hitzig. »Sie war nichts dergleichen.«

»Ich versichere Ihnen, sie war es.« Holmes lehnte sich mit glänzenden Augen vor.

»Unser Informant, dessen Namen ich für den Augenblick verschweigen muß, besteht darauf, daß sie es war. Seine Zuverlässigkeit in einigen anderen Details veranlaßt mich, ihm auch hier Vertrauen zu schenken, um so mehr, als es sich um den einzigen Anhaltspunkt für einen Zusammenhang zwischen den beiden Verbrechen handelt.«

»Was für Details?«

»Zum Beispiel behauptet er, daß ein führender Darsteller des Savoy Rauschgift nimmt, weil Mr. Gilbert ihn so nervös macht.«

»Das ist eine elende Lüge.« Aber er sprach ohne Überzeugung und verfiel in nachdenkliches Schweigen. Holmes musterte ihn einige Sekunden lang kühl, dann beugte er sich wieder nach vorne.

»Sie haben gerade die Vorstellung von Jonathan McCarthy als Jessie Rutlands Liebhaber mit leidenschaftlicher Überzeugung von sich gewiesen, und zwar nicht nur, weil Sie den Mann verabscheuten. Sie *wußten* es besser, nicht wahr?«

»Es scheint jetzt so gleichgültig.«

Sherlock Holmes' Augen glänzten mehr denn je; sie strahlten wie zwei Leuchtfeuer.

»Ich gebe Ihnen mein Wort, daß es von äußerster Wichtigkeit ist. Jessie Rutland ist tot; wir können sie nicht ins Leben zurückrufen oder ihr irgendeinen Liebesdienst leisten, von einem ehrenvollen Begräbnis vielleicht abgesehen. Aber eines können wir tun, wir können ihren Mörder überführen.«

Jetzt war es an Sullivan, Holmes einer Musterung zu unterziehen, und das tat er – so schien es jedenfalls – für eine gute Minute. Ohne sich zu rühren, die Hand in die Seite gepreßt, starrte er ihn durch sein Pincenez an. »Nun gut. Was wollen Sie wissen?«

Der Detektiv war sichtlich erleichtern. »Sagen Sie mir etwas über Jack Point.«

»Wen?«

»Entschuldigen Sie, das ist der Name, den McCarthy in sein Notizbuch schrieb. Er scheint es sich zu eigen gemacht zu haben, Figuren aus Ihren Opern anstelle wirklicher Namen einzusetzen. In der Nacht, in der er starb, hatte er eine Verabredung mit Jack Point. Point ist der unselige Narr in *Yeomen of the Guard*, der seine Liebste verliert, nicht wahr?«

»Das ist er, das ist er!« Sullivan war von der Vertrautheit des Detektivs mit seinen Werken beeindruckt. »Sie glauben also, Jessie hatte noch einen Liebhaber?«

»Das haben Sie mir mehr oder weniger schon bestätigt, Sir Arthur.«

Sullivan runzelte die Stirn, griff in seine Brusttasche und zog ein Zigarettenetui hervor. Er entnahm ihm eine Zigarette, klopfte mit ihr mehrere Male nervös auf den Behälter und ließ sich dann von Holmes Feuer geben. Er warf erleichtert den Kopf zurück und blies eine Rauchwolke von sich. »Sie müssen zunächst einmal verstehen, daß das Savoy fest in Gilberts Händen ist. Er leitet es wie einen militärischen Vorposten, mit der strengsten Disziplin auf und hinter der Bühne. Sie haben vielleicht bemerkt, daß die Garderoben für Männer und Frauen durch die Bühne voneinander getrennt sind. Es ist ihnen strengstens untersagt, miteinander zu verkehren. Das Benehmen der Darsteller im Theater– und zu einem gewissen Grade auch nach der Arbeit – muß sich Gilberts Manie für Schicklichkeit anpassen.

Sollte seine Einstellung Ihnen als etwas extrem erscheinen, dann lassen Sie mich sagen, daß ich seine Ziele verstehe und mit ihnen sympathisiere. Schauspielerinnen haben nie einen guten Ruf gehabt. Das Wort selbst ist jahrelang ein Synonym für etwas sehr viel Niedrigeres gewesen. Mr. Gilbert will, was das Savoy angeht, dieses spezifische Synonym ausmerzen. Seine Methoden mögen zuzeiten streng bis zum Lachhaften erscheinen, und« – er zögerte und streifte die Asche von seiner Zigarette, – »der eine oder andere wird darunter leiden, aber ich glaube, daß er auf die Dauer gesehen dem Berufsstand einen Dienst erweisen wird.

Nun zu Jessie Rutland. Ich engagierte sie vor drei Jahren und habe nie Anlaß gehabt, meine Entscheidung zu bedauern. Ich wußte, daß sie Waise und in Woking aufgewachsen war und daß sie in verschiedenen Kirchenchören gesungen hatte. Sie besaß keine Familie und kein Einkommen. Eine Anstellung im Savoy bedeutete ihr alles. Zum erstenmal in ihrem Leben hatte sie nicht nur ein ordentliches Gehalt, sondern ein Zuhause, eine Familie, einen Ort, zu dem sie gehörte, und sie war dankbar dafür.« Er hielt inne, für den Augenblick überwältigt von einer Qual, die physischen oder seelischen Ursprungs sein mochte – welches von beiden, war unmöglich zu sagen.

»Fahren Sie fort«, gebot Holmes. Seine Augen waren geschlossen und seine Fingerspitzen unter dem Kinn zusammengepreßt – die Haltung, die er beim Zuhören immer einnahm.

»Sie war ein gutes Kind, sehr hübsch, mit einem reizenden Sopran – ein wenig rauh in den mittleren Lagen, aber das hätte sich mit Zeit und Übung gebessert. Sie arbeitete hart und war voll guten Willens, immer bereit zu tun, was von ihr verlangt wurde.

Mein Kontakt mit dem Theater ist im allgemeinen sehr lose. Ich lasse die Sänger probesingen und stelle sie ein, und sowie ich eine Melodie geschrieben habe, spiele ich sie Chor und Solisten solange vor, bis sie sitzt. Und ich dirigiere die erste Aufführung, wenn ich kann.« Er lächelte grimmig. »Mr. Grossmith ist nicht der einzige, der Drogen braucht, um den Abend zu überstehen.«

»Mir sind sie auch nicht fremd, Sir Arthur. Bitte fahren Sie fort.«

»Normalerweise probt Mr. Cellier mit Chor und Solisten. Ich war deshalb überrascht, als Jessie mich vor einigen Wochen nach einer Probe, in der ich neues Material eingeübt hatte, um eine private Unterredung bat, da sie einen

Rat brauche. Sie war offensichtlich bekümmert, und ich stellte bei näherem Hinsehen fest, daß sie geweint hatte.

Mein erster Impuls war, sie an Gilbert zu verweisen. Er ist viel beliebter bei den Mitgliedern des Ensembles als ich« – er sagte dies mit einem sehnsüchtigen Blick –, »denn obwohl er sie manchmal tyrannisiert und den Zuchtmeister spielt, wissen sie doch, daß er sie liebt und ihr Bestes will, während ich vergleichsweise ein Außenstehender bin. Als ich ihr den Vorschlag machte, begann sie jedoch zu weinen und behauptete, das sei unmöglich.

›Wenn ich mich Mr. Gilbert anvertraue, bin ich verloren!‹ rief sie. ›Ich werde meine Stelle verlieren, und *ihm* wird es auch schaden!‹« Der Komponist seufzte und wischte sich ein nicht vorhandenes Aschenflöckchen vom Ärmel. »Ich bin ein vielbeschäftigter Mann, Mr. Holmes, und meine Zeit wird stark beansprucht von meiner musikalischen Arbeit und von anderen Dingen.« Er hustete und drückte mit abgewendetem Blick seine Zigarette aus. »Aber die Bitte des Mädchens rührte mich, und ich erklärte mich bereit, sie anzuhören. Wir trafen uns am nächsten Nachmittag in einer kleinen Teestube in der Marylebone Road. Es war unwahrscheinlich, daß man uns dort erkennen würde, und selbst für diesen Fall wäre es schwierig gewesen, unserem Treffen eine anrüchige Bedeutung zu geben.

›Sagen Sie mir‹, bat ich, nachdem wir unsere Bestellung aufgegeben hatten, ›sagen Sie mir, was Ihnen so zusetzt.‹ – ›Ich will Ihre Zeit nicht mit Vorreden verschwenden‹, sagte sie. ›Ich habe vor kurzem die Bekanntschaft eines Herrn gemacht, mit dem mich eine große Zuneigung verbindet. Er ist absolut perfekt, und sein Verhalten mir gegenüber ist immer ausnehmend korrekt gewesen. Beide mit den strikten Verhaltensregeln im Savoy vertraut, haben wir die größte Umsicht walten lassen. Aber, oh, Sir

Arthur, er ist so vortrefflich, daß selbst Mr. Gilbert nichts einzuwenden haben könnte! Ich bin verliebt!‹ rief sie. ›Und er auch!‹ – ›Aber meine Liebe‹, versicherte ich ihr eifrig, ›das ist kein Grund für Tränen, sondern für Glückwünsche! Was Mr. Gilbert betrifft, so gebe ich Ihnen mein Ehrenwort, daß er auf Ihrer Hochzeit tanzen wird !‹

An diesem Punkt, Mr. Holmes, begann sie mitten im Restaurant zu weinen; sie tat allerdings ihr Bestes, es zu verbergen, indem sie sich ein kleines Batisttaschentuch vors Gesicht hielt. ›Es wird keine Hochzeit geben‹, schluchzte sie, ›weil er bereits verheiratet ist. Das hat er mir gerade mitgeteilt.‹ – ›Wenn er Sie in dieser Weise hintergangen hat‹, erwiderte ich voll Erstaunen, ›dann ist er Ihrer Zuneigung nicht wert, und Sie sind ohne ihn besser dran.‹ – ›Sie verstehen mich nicht‹, sagte sie, ihre Haltung wiedergewinnend, ›er hat mich nicht hintergangen – nicht wie Sie glauben. Seine Frau ist invalide, bettlägerig in einer Pflegeanstalt in Bombay. Sie –‹«

»Einen Moment«, unterbrach Sherlock Holmes und öffnete die Augen. »Sagte sie ›Bombay‹?«

»Ja.«

»Bitte, fahren Sie fort.« Seine Augen schlossen sich wieder.

»›Seine Frau kann weder hören noch sprechen noch gehen‹, berichtete sie mir, ›weil sie vor fünf Jahren einem Schlaganfall zum Opfer fiel. Dennoch ist er an sie gekettet.‹ Es gelang ihr nicht, eine Spur von Bitterkeit zu verbergen, und ich war – und bin auch jetzt noch – nicht bereit, ihr daraus einen Vorwurf zu machen. ›Er hatte Angst davor, mir seine Lage zu schildern‹, fuhr sie fort, ›weil er glaubte, er werde mich verlieren. Aber als er die Kraft unserer gegenseitigen Zuneigung erkannte, wurde ihm klar, daß er mir die Wahrheit nicht vorenthalten durfte. Und jetzt weiß ich nicht, was ich tun soll!‹ schloß sie und zog wieder ihr Taschentuch hervor, während ich grübelnd ihr gegenüber an dem Tischchen saß.

Mr. Holmes, Sie können sich vorstellen, wie mir zumute war. Die junge Frau hatte mich in eine schwierige Lage gebracht. Ich bin Mitbesitzer des Savoy und unterstütze – zum mindesten in der Theorie – Mr. Gilberts Bestrebungen für seine Angestellten; meine Pflichten waren also klar vorgezeichnet. Aber ich bin ein Mensch und, was mehr ist, ein Mann, der sich mit einem ganz ähnlichen Problem auseinanderzusetzen hatte*, und daher diktierten mir Gefühle und persönliche Erfahrungen etwas anderes.«

»Was für einen Rat gaben Sie ihr?«

Er blickte den Detektiv fest an. »Ich riet ihr, ihrem Herzen zu folgen. Oh, ich weiß, was Sie sagen werden, aber wir leben nur einmal, Mr. Holmes – das ist jedenfalls meine Überzeugung –, und ich finde, wir sollten uns so viel Glück nehmen, wie wir können. Ich versprach, ihr Geheimnis Mr. Gilbert nicht preiszugeben, und daran habe ich mich auch gehalten, aber ich machte ihr klar, daß ich sie vor den Konsequenzen nicht schützen konnte, sollte er darüber von anderer Seite erfahren.«

»Ich beginne zu verstehen«, sagte Holmes, »obwohl noch vieles undurchschaubar bleibt. Sagte sie irgend etwas über den jungen Mann, das eine Identifizierung ermöglichen würde?«

»Sie tat ihr Bestes, das zu vermeiden. Einer Indiskretion kam sie noch am nächsten, als sie verriet, daß sich die Ehefrau in einem Sanatorium in Bombay befand. Ich bin ganz sicher, daß sie keinen anderen Hinweis gab.«

»Aha!« Holmes schloß kurz die Augen und tippte die

* Sullivans Geliebte war eine Amerikanerin, Mrs. Ronalds, die von ihrem Mann getrennt lebte, aber nicht geschieden war. Sie blieben für einen großen Teil von Sullivans Leben miteinander verbunden.

Fingerspitzen gegeneinander. »Und wieviel von dieser Geschichte haben Sie heute morgen der Polizei erzählt?«

Der Komponist errötete und senkte den Blick.

»Nicht ein Wort?« Holmes konnte eine Spur von Mißbilligung nicht unterdrücken. »Die Frau kann jetzt doch nicht mehr kompromittiert werden. Sie hat nichts mehr zu verlieren.«

»Aber ich, *ich* kann kompromittiert werden«, erwiderte Sullivan leise. »Wenn herauskommt, daß ich von einer Liaison im Savoy wußte, und Gilbert nichts davon sagte –« er seufzte. »Unsere Beziehung ist nie besonders herzlich gewesen, und in letzter Zeit hat sie mehr denn je gelitten. Er hat es nie überwunden, daß ich geadelt wurde, wissen Sie. Aber wir brauchen einander, Mr. Holmes!« Er stieß ein kurzes, freudloses Lachen aus.

»Die Ironie ist, daß wir ohne einander nicht funktionieren. Oh, ich weiß, es gibt *The Lost Chord* und *The Golden Legend*, aber alles in allem kann ich die unerquickliche Wahrheit nicht leugnen, daß *Der Mikado* und dergleichen meine Stärke sind. Er weiß das auch und ist sich darüber im klaren, daß es unsere Savoy-Opern sind, die uns unvergessen machen werden*.

Ich habe nicht mehr lange zu leben«, schloß er, »aber solange ich noch atme, kann ich es mir nicht erlauben, ihn weiter zu verärgern.«

»Ich verstehe, Sir Arthur, und bitte Sie, mir jede Andeutung eines moralischen Urteils zu verzeihen. Eine letzte Frage.«

Sullivan blickte auf.

* Außer dem *Mikado, oder die Stadt Titipu* sind die Savoy-Opern von Gilbert und Sullivan außerhalb der englischsprachigen Welt relativ unbekannt geblieben. Das mag vor allem an der Schwierigkeit liegen, die voller Wortspiele und Reimkomik steckenden Libretti zu übersetzen. (Anmerkung des Bearbeiters).

Mann, dessen ungehobelte Erscheinung mir sogleich mißfiel, an einem Tisch. Dieser andere war kurz und untersetzt, mit zu eng zusammenliegenden Augen sowie einer mopsähnlichen Boxernase, und sein Kopf saß plump auf dem dicken, muskulösen Hals, der Kragen und Krawatte zu sprengen drohte.

»Das ist Mr. Harris«, stellte der Kritiker ihn mir vor, als ich zu ihnen stieß und mich in einen Sessel fallen ließ. »Er ist einer unserer bedeutendsten Verleger. Wir sitzen hier und trauern. Alles trauert«, fügte er sardonisch hinzu und blickte in die Runde. »Und spekuliert.«

»Worüber?« Sie blickten einander kurz an.

»Über die Torheit Oscar Wildes«, dröhnte Mr. Harris mit einer Stimme, die am anderen Ende des Raums zu hören sein mußte. Meine Blicke drückten offenbar meine Verwirrung aus.

»Sie entsinnen sich ohne Zweifel meines plötzlichen Abgangs bei Simpsons gestern abend, Doktor?« fragte mich Shaw.

»Er konnte mir nicht gut entgehen.«

Shaw brummte und rührte, den Kopf auf eine Hand gestützt, abwesend in seinem Kaffee. »Es war der Beginn einer schrecklichen Nacht. Zunächst einmal fiel mich vor dem Restaurant irgendein Verrückter an.«

»Fiel Sie an?« Ich spürte, wie mein Blut schneller durch meine Adern rann und wie meine Haare sich im Nacken sträubten.

»Wahrscheinlich irgendein handgreiflicher Spaß, aber er hielt mich auf, als mir an größter Eile gelegen war. Ich wollte die Verhaftung des Marquis von Queensberry verhindern. Ich kam direkt hierher – in dieselbe Nische! – und versuchte zusammen mit Frank hier, ihn davon abzubringen.«

»Wilde?«

Er nickte.

»Wir lagen ihm in den Ohren«, fiel der Verleger mit Stentorstimme ein, »aber ohne Erfolg. Er saß da wie in Trance.«*

Harris' Akzent war nicht einzuordnen, teilweise der Lautstärke wegen, in der er sprach. Er hörte sich abwechselnd walisisch, irisch und amerikanisch an. Später hörte ich, daß seine Herkunft umstritten war.

»Er kann nicht beweisen, daß man ihn beleidigt hat?« fragte ich.

»Schlimmer als das«, erläuterte Shaw. »Nach dem Gesetz, – das, wie Mr. Bumble sagte, ein Esel ist – gibt er Queensberry die Möglichkeit, das Gegenteil zu beweisen.«

»Der Marquis ist heute morgen verhaftet worden«, verkündete Harris mit dumpf grollender Stimme.

Sie wandten sich mißgestimmt wieder ihrem Kaffee zu und überließen mich meinen Gedanken. Ich fragte mich, ob ich es wagen solle, zum Beginn der Unterhaltung zurückzukehren, und kam zu einem Entschluß. »Und Ihr Überfall? Ich hoffe, Sie erlitten keine Verletzungen?«

»Ach das.« Shaw wedelte unbekümmert mit den Fingern. »Ein Scherz. Ich wurde von hinten gepackt, gezwungen, eine üble Mixtur zu schlucken, und dann wieder freigelassen. Können Sie sich einen solchen Unfug vorstellen? Mitten im Herzen Londons!« Er schüttelte bei der Erinnerung daran den Kopf, war aber mit seinen Gedanken offensichtlich woanders.

* Laut Harris und Shaw (auf letzteren ist als Quelle Verlaß, auf ersteren nicht) war Lord Alfred Douglas bei diesem Gespräch ebenfalls zugegen. ›Bosie‹ selbst hat das in späteren Jahren bestätigt. Als autoritative Biographien von Shaw, Wilde und Gilbert und Sullivan werden dem Leser die Werke Hesketh Pearsons empfohlen.

»Haben Sie den Mann gesehen? Ich nehme an, daß es sich um einen Mann handelte?«

»Ich sagte Ihnen doch schon, Doktor, ich habe nicht darauf geachtet! Ich wollte nur freikommen und mein Bestes tun, um Wilde vor der Selbstzerstörung zu bewahren. Das ist mir nicht gelungen«, fügte er mit einem Seufzer hinzu.

»Steht es denn von vornherein fest, daß er den Prozeß verlieren wird?«

»Felsenfest«, erwiderte Harris. »Oscar Wilde, das größte literarische Genie seiner Zeit« – ich nahm zur Kenntnis, daß Shaw bei diesen Worten leicht zusammenzuckte –, »und in drei Monaten«, Harris hielt drei Finger hoch, »womöglich noch früher, wird er ruiniert sein. Man wird sich nicht trauen, seinen Namen anders als abfällig zu erwähnen.« All dies intonierte er wie eine Predigt; er war offenkundig nicht in der Lage, seine Stimme zu weniger als einem Gebrüll zu senken. Aber ich spürte trotz aller Lautstärke, daß er wirklich bekümmert war.

»Es sollte mich nicht wundern, wenn einige seiner Werke verboten würden«, bemerkte Shaw. »Womöglich alle.«

Damals konnte ich nicht verstehen, wie ernst die Sache war. Aber drei Monate später hatten sich Frank Harris' Voraussagen alle erfüllt, und Oscar Wilde, dessen brillante Karriere in Schutt und Asche lag, mußte für zwei Jahre ins Gefängnis.

Mit den Tatsachen dieses Falles nicht vertraut, lenkte ich meine Gedanken auf naheliegendere Probleme, und Shaw, der zu mir aufsah, durchschaute es. »Ja, aber wie steht es mit dem Mord?« erkundigte er sich mit einem reuigen Lächeln, als wolle er sagen: »Reden wir von etwas Erbaulicherem.«

»Es sind zwei Morde, wie Sie wohl den Nachmittagszeitungen entnehmen werden können«, sagte ich und berichtete ihnen von den Ereignissen im Savoy-Theater, wobei ich Shaw darauf hinwies, daß er früher davon gewußt hätte, wäre er nicht am Abend vorher so plötzlich aus dem Lokal gestürzt.

Sie lauschten mir mit offenem Mund.

»Mord im Savoy!« rief Harris atemlos, als ich geendet hatte. »Was geht vor? Soll unsere Gesellschaft innerhalb von vier Tagen durch Skandale und Greueltaten zerrüttet werden?« Irgendwie gelang es ihm, den Eindruck zu erwecken, als behage ihm diese Aussicht. Er war zweifelsohne ein widersprüchlicher Charakter.

»Es beginnt, Shakespearesche Ausmaße anzunehmen«, stimmte Shaw, den seine scharfe Zunge diesmal im Stich ließ, zögernd zu. »Leichen und derlei übers ganze West End verteilt.«

»Kennen Sie Bram Stoker?«

Sie sahen mich, von dieser Wendung verwirrt, beide an.

»Warum wollen Sie das wissen?« fragte Harris.

»Ich will es nicht wissen, sondern Sherlock Holmes.«

»Was ist mit ihm?«

»Das ist die Frage, die ich Ihnen stelle.«

Shaw zögerte, faßte mich ins Auge und wechselte dann Blicke mit dem Verleger.

»Er ist schon ein sonderbarer Kauz«, gab Harris, mit dem Kaffeelöffel spielend, zu. »Sein Name ist natürlich nicht Bram. Er heißt Abraham.«

»Tatsächlich? Und weiter?«

»Er wurde in Dublin oder irgendwo dort in der Nähe geboren, soviel ich weiß. Sein älterer Bruder ist ein berühmter Arzt.«

»Nicht Dr. William Stoker?«

Shaw nickte. »Eben der. Er wird im Frühjahr geadelt werden.«

»Und Bram?«

Shaw hob die Schultern und ließ sie wieder sinken. »Der beste Leichtathlet der Dubliner Universität.«

»Was hatte er für einen Beruf, bevor er für Irving arbeitete?«

Der Ire lachte leise und nahm seinen üblichen koboldhaften Ausdruck an.

»Alle Straßen führen nach Rom, Doktor. Er war Theaterkritiker.«

»Kritiker?« Ich konnte vage die Umrisse von Holmes' Verdacht erkennen.

»Und gewesener Autor – von der frustrierten Sorte.«

»Kannte er Jonathan McCarthy?«

»Jeder kannte Jonathan McCarthy.«

»Und seine Frau ist mit Gilbert befreundet.«

Shaw und Harris rissen die Augen auf.

»Woher wissen Sie das?« fragte Shaw.

Ich stand auf und gab mir Mühe, nicht selbstzufrieden zu wirken. »Ich habe meine Methoden.«

»Sie werden doch noch nicht gehen wollen«, protestierte Harris. »Sie haben ja noch nichts gegessen.«

»Leider rufen mich meine Geschäfte. Besten Dank, meine Herren. Ich hoffe, die Affären Ihres Freundes nehmen kein so schlechtes Ende, wie Sie fürchten.«

»Ein schlechteres«, murmelte Shaw, der wenig hoffnungsvoll meine Hand schüttelte.

Ich ließ sie zurück und eilte in die Baker Street, begierig, Holmes die Resultate des Gesprächs zu überbringen; aber er war noch nicht zu Hause. Ich verbrachte einen einsamen Nachmittag damit, in der Wohnung umherzuwandern, wobei ich energisch versuchte, den Tatsachen einen Sinn zu geben und die Teile des Puzzles zu einem verständlichen Ganzen zusammenzufügen. Gelegentlich schien es mir, als habe ich die Aufgabe gemeistert, nur um zu entdecken, daß ich eine wesentliche Einzelheit ausgelassen hatte. Schließlich machte ich mich, vom fruchtlosen Herumrätseln gelangweilt, daran, die Büchermengen, die immer noch unseren Boden bedeckten, fortzuräumen – unter dem Vorwand, daß mein Freund für den Augenblick offenbar das Interesse an ihnen verloren hatte.

Während dieser Arbeit muß ich irgendwann eingeschlummert sein, denn das nächste, dessen ich mich entsinne, war das vertraute Klopfen unserer Hauswirtin, das mich aus einer Träumerei im Armsessel hochschreckte.

»Es ist ein Herr draußen, der Mr. Holmes sprechen möchte«, teilte sie mir mit.

»Wie Sie wissen, ist er nicht hier, Mrs. Hudson.«

»Ja, Doktor, aber er sagt, er kommt in dringenden Geschäften und möchte Sie sehen.«

»Es ist dringend? Nun gut, lassen Sie ihn heraufkommen. Bleiben Sie, Mrs. Hudson, was ist er für ein Mann?«

Die gute Frau runzelte die Stirn, dann warf sie mir einen verschmitzten Blick zu. »Er sagt, er sei ein Grundstücksmakler; und ganz sicher ist er wohl genährt und ... getränkt – Sie verstehen wohl.« Sie tippte sich bedeutungsvoll mit dem Finger an die Nase.

»Ich verstehe durchaus. Also gut.«

Ich brauchte nicht lange zu warten, bis ich ein zweites Klopfen an der Tür vernahm, dem reichliches Ächzen und Schnaufen auf der Treppe vorangegangen waren.

»Herein.«

Die Tür öffnete sich, um einen Herrn von fortgeschrittenem Alter und enormem Leibesumfang einzulassen; er wog gut und gerne zweieinhalb Zentner und keuchte vor Anstrengung bei jeder Bewegung.

»Ihr – ganz – ergebener – ah, Diener, Doktor«, röchelte er und überreichte mir seine Karte mit dem Ansatz zu einer schwungvollen Geste. Ich entnahm ihr, daß es sich um Hezekiah Jackson, einen Grundstücksmakler aus Plymouth, handelte. Der Ort entsprach seinem äußerst starken Devonshire-Akzent. Ich blickte auf und nahm den fleischigen, korpulenten, kurzatmigen Mr. Jackson in Augenschein. Seine knollenhafte Nase hatte fast die Farbe einer roten Rübe, und die Adern darauf waren so ausgeprägt wie Linien auf einer Karte des Nildeltas. Sie wiesen Mr. Jackson als Trinker von beträchtlichem Durchhaltevermögen aus. Sein Atem bestätigte diesen Eindruck, denn er war reichlich mit Alkohol versetzt. Seine braunen Augen betrachteten die Umwelt mit einem glasigen, stieren Blick. Schweißtropfen glitzerten auf Wangen und Stirn und tröpfelten aus seinen kurzgeschorenen, weißen Haaren. In einem anderen Jahrhundert hätte man ihn zum Anführer einer Säuferbande ernannt.

»Mr. Jackson?« wiederholte ich. »Bitte nehmen Sie Platz.«

»Danke, Sir, ich bin so frei.« Er sah sich, auf seinen Füßen schwankend, nach einem Sessel um, der seine Fleischmassen beherbergen konnte. Er entschied sich für den von Holmes bevorzugten lederbezogenen Armstuhl, in den er sich mit solchem Nachdruck zwängte, daß sich ein bedrohliches Knarren hören ließ. Mir graute bei dem Gedanken an die Reaktion des Detektivs, sollte er seinen Lieblingssessel von diesem fetten Menschen auseinandergesprengt vorfinden.

»Ich bin Dr. –«

»Ich weiß, wer Sie sind, Doktor. Ich weiß über Sie Bescheid. Sherlock hat mir so viel von Ihnen erzählt.« Er sagte es in einem wissenden Ton, den ich etwas beunruhigend fand.

»Ach wirklich. Und was kann ich für Sie tun?«

»Na, zunächst mal denke ich, Sie könnten so gut sein, mir etwas zu trinken anzubieten. Ja, etwas zu trinken. Es ist höllisch kalt draußen.« Er äußerte das mit tiefster Überzeugung, während er mir schwitzend wie ein angestochenes Schwein gegenübersaß.

»Was darf ich Ihnen anbieten?«

»Brandy, wenn Sie welchen haben. Ich nehme immer einen Schluck Brandy um diese Tageszeit. Es hält einen bei Kräften, wissen Sie.«

»Gut. Bald wird auch der Tee serviert, falls Sie welchen wünschen.«

»Tee?« Er schnappte nach Luft. »Tee? Guter Himmel, Doktor, wollen Sie mich umbringen? Als Mediziner müssen Sie doch über Tee Bescheid wissen. Der Schrecken des gesunden Mannes – das ist Tee. Mehr Männer meines Alters erliegen den Folgen ausschweifenden und maßlosen Teekonsums als irgendeiner anderen Todesursache, von Koliken einmal abgesehen. War Ihnen diese Tatsache nicht bekannt? Du meine Güte, wo leben Sie denn? Lesen Sie denn nur Ihre eigenen Artikel im *Strand?* Glauben Sie im Ernst, ich wäre ein solches Bild strotzender Gesundheit, wenn ich Tee tränke?«

»Nun gut, also Brandy«, sagte ich, unterdrückte mein aufkommendes Lachen und holte ihm ein Glas. Holmes kannte wirklich die merkwürdigsten Leute. Was ihn mit diesem alten Zechbruder verband, konnte ich mir beim besten Willen nicht vorstellen.

Ich reichte ihm das Glas und setzte mich wieder hin. Und was soll ich Mr. Holmes von Ihnen ausrichten?«

»Ausrichten?« Die braunen Augen umwölkten sich. »Oh, ja, meine Nachrichten. Sagen Sie Mr. Holmes – es sind keine sehr guten Nachrichten, so leid es mir tut –, sagen Sie ihm, daß der Grundbesitz in Torquay, in dem er sein Geld angelegt hat, naß ist.«

»Naß?«

»Ja, leider, naß. Ist alles ins Meer gefallen.«

»Ich wußte nicht, daß Mr. Holmes Geld in Grundstücken in Torquay angelegt hatte.«

»Jeden Pfennig, den er besaß«, versicherte mir der Makler feierlich, erhob sein Glas und vergrub seine Nase darin.

»Was?«

Er nickte, den Kopf untröstlich von einer Seite auf die andere wiegend. »Der arme Mann. Seit Jahren hat er mich angewiesen, Eigentum an der See aufzukaufen – er hat wohl die Idee gehabt, ein Hotel dort zu bauen –, aber jetzt ist alles hin, wissen Sie. Sie haben von dem Sturm gehört, der uns während der letzten vier Tage dort heimgesucht hat? Nein? Nun, ich sage Ihnen, ich habe mein ganzes Leben dort verbracht, aber so etwas habe ich noch nie gesehen. Plymouth beinahe von der Flut zerstört – und riesige Brocken Land einfach ins Meer gestürzt. Sie werden neue Landkarten drucken müssen, glauben Sie mir nur.« Er vergrub seine ungeheure Nase wieder im Brandy, während ich seine Mitteilungen verarbeitete.

»Und wollen Sie damit sagen, daß Mr. Holmes' Grundstücke – alle miteinander – in den Ozean gespült worden sind?«

»Jeder Quadratzentimeter, das walte Gott, Sir. Er ist ruiniert, Doktor. Es ist diese tragische Kunde, die mich zu Ihnen führt.«

»Grundgütiger Himmel!« Ich sprang erregt auf, als mir die Katastrophe in ihrer ganzen Fürchterlichkeit klar wurde. »Ruiniert!« Ich sank, betäubt von der Plötzlichkeit des Geschehens, in meinen Sessel zurück.

»Nehmen Sie es mir nicht übel, Doktor, aber mir scheint, Sie können selbst einen Schluck gebrauchen.«

»Da mögen Sie recht haben«, ich erhob mich auf unsicheren Beinen und schenkte einen zweiten Brandy ein, während der Mensch hinter mir zu kichern begann.

»Finden Sie das etwa belustigend?« fragte ich in strengem Ton.

»Nun, Sie müssen zugeben, daß es komisch ist. Ein Mann investiert jeden Heller, den er besitzt, in Land – die sicherste Anlage der Welt, sollte man meinen –, und dann fällt alles einfach ins Wasser. Kommen Sie, geben Sie ehrlich zu, daß es seine ulkige Seite hat.«

»Diese Seite entgeht mir ganz und gar«, erwiderte ich aufgebracht. »Und Ihre Indifferenz gegenüber dem tragischen Schicksal Ihres Klienten empfinde ich als empörend! Sie kommen hierher, trinken seinen Brandy, verbreiten sich in aller Ruhe über sein finanzielles Mißgeschick, und dann machen Sie sich auch noch darüber lustig!«

»Nun, wenn Sie es so sehen –«, der Bursche versuchte auf ungeschlachte Weise sein Bedauern zu äußern, aber ich war dafür nicht zu haben.

»Ich glaube, Sie gehen besser. Ich werde ihm die Nachricht selbst übermitteln – und in der Form, die ich für richtig halte.«

»Ganz wie Sie wünschen«, erwiderte er und überreichte mir sein Glas. »Aber ich muß sagen, daß Sie eine sehr engherzige Einstellung haben. Versuchen Sie, die humoristische Seite des Ganzen zu sehen.«

»Das genügt, Mr. Jackson.« Ich drehte mich auf dem Absatz um und stellte das Glas zurück auf die Anrichte.

»Ganz recht, Watson«, sagte eine vertraute Stimme hinter mir. »Ich glaube, es ist Zeit für unseren Tee.«

## KAPITEL ELF

### *Theorien und Anschuldigungen*

»Holmes!«

Ich fuhr herum und erblickte den Detektiv dort, wo vorher der Makler gesessen hatte. Er war dabei, sich der unförmigen Nase und der weißen Haare zu entledigen.

»Holmes, das ist ungeheuerlich!«

»Ich gebe es zu«, ließ er sich vernehmen, während er die Watte ausspie, die sein Gesicht aufgeschwemmt hatte. »Es war ein kindischer Streich. Aber die Verkleidung schien mir so gelungen, daß ich sie an jemandem ausprobieren wollte, der mich wirklich gut kennt. Mir fiel niemand ein, der diese Bedingung so gut erfüllte wie Sie, mein lieber Freund.«

Er stand auf und zog seinen Mantel aus, unter dem endlose Polster zum Vorschein kamen. Ich ließ mich erschüttert nieder und sah ihm zu, während er sein Kostüm ablegte und sich in seinen Morgenrock hüllte.

»Heiß war es«, bemerkte er mit einem Lächeln, »aber sehr nützlich. Trotzdem sind leider immer noch ein paar lose Enden übrig, die meine neuesten Informationen nicht entwirren können. Lassen Sie uns auf jeden Fall den Tee bestellen.«

Er klingelte, und Mrs. Hudson, die alsbald mit dem Tablett erschien, war sehr verblüfft, Sherlock Holmes zu Hause zu finden. »Ich habe Sie gar nicht hereinkommen hören.«

»Sie haben mich selbst eingelassen, Mrs. Hudson.«

Ihr Kommentar dazu ist hier nicht von Interesse. Sie ging wieder, und Holmes und ich rückten unsere Sessel zurecht.

»Ihre Augen!« rief ich plötzlich, den Kessel in der Hand. »Sie sind braun!«

»Wie? Oh, einen Moment.« Er beugte sich in seinem Sitz nach vorne, den Blick auf den Boden gerichtet, zog die Haut an seiner rechten Schläfe zurück, und während er die andere Hand unter dem rechten Auge aufhielt, fiel ein braunes Pünktchen auf seine Handfläche. Ich sah verdutzt zu, wie er die Prozedur an seinem linken Auge wiederholte.

»Was in aller Welt –«, setzte ich an.

»Besehen Sie sich nur diese unübertroffenen Verwandlungswerkzeuge, Watson.« Er streckte die Hand aus und ließ mich die kleinen Dinger betrachten. »Seien Sie vorsichtig. Sie sind aus Glas und sehr empfindlich.«

»Aber was sind sie?«

»Mein ganz spezieller Trick, den einzigen Teil des Gesichts abzuwandeln, der mit Schminke nicht zu verändern ist. Ich bin nicht der Erfinder«, beeilte er sich, mir zu versichern, »aber wohl der erste, der diese kleinen Gegenstände zu einem solchen Zweck verwendet.«

»Zu was für einem Zweck sind sie denn gedacht?«

»Zu einem ganz spezifischen. Vor über zwanzig Jahren fand ein Deutscher – er lebte in Berlin –, daß er aufgrund einer Infektion im inneren Lid, die auf die Augen Übergriff, im Begriff war, zu erblinden. Er entwarf ein konkaves Stückchen Glas – etwas größer als diese und natürlich durchsichtig –, das zwischen Lid und Cornea eingesetzt und durch die Saugkraft der Augenoberfläche festgehalten wurde. Es verhinderte eine weitere Infektion und erhielt seine Sehkraft.* Ich habe über seine Untersuchungen gelesen und seinen Entwurf mit dem vorliegenden Ergebnis leicht abgewandelt.«

»Aber wenn das Glas zerbricht!« Ich wand mich bei dem Gedanken.

»Das ist unwahrscheinlich. Solange man sich nicht die Augen reibt, ist kaum damit zu rechnen, daß irgend etwas das Glas direkt berührt. Ich benutze sie selten – es ist nicht leicht, sich an sie zu gewöhnen, und ich kann sie nur ein paar Stunden lang ertragen. Danach fangen sie an zu schmerzen, und wenn etwas Staub ins Auge gerät, schluchze ich wie bei einem Begräbnis.«

Er nahm die kleinen Scheibchen wieder an sich und verstaute sie in einem Behälter, der offenbar diesem Behufe diente.

»Sie könnten sich fürs Leben verletzen«, warnte ich, da ich mich als Mediziner verpflichtet fühlte, ihn auf die Gefahren hinzuweisen.

»Von Bülow trug sie zwanzig Jahre lang, ohne sich Schaden zuzufügen. Außerdem habe ich mich von Ihrem Freund Dr. Doyle beraten lassen. Er ist so sehr in seine literarischen Aktivitäten vertieft, deshalb vergessen wir immer, daß er auch Augenspezialist ist. Er hat mir mit seinen Vorschlägen für meine Modifizierung sehr geholfen.

* Das trifft genau zu. Kontaktlinsen sind über hundert Jahre alt.

Die Firma Zeiss hat sie mir geschliffen«, fuhr er fort, während er den Behälter einsteckte, »nur wußten sie wohl nicht, zu welchem Zweck. Und jetzt«, er füllte seine Pfeife und hielt mir die Teetasse hin, »berichten Sie mir von Bernard Shaw.«

Ich verarbeitete die rasch aufeinander folgenden Überraschungen, so gut ich konnte, goß den Tee ein und gab in wenigen Worten wieder, was sich im Café Royal zugetragen hatte. Von der einen oder anderen gezielten Frage abgesehen, lauschte Holmes schweigend, zog regelmäßig an seiner Bruyèrepfeife und nippte seinen Tee.

»Er dachte also, es sei ein Scherz?« bemerkte er zu Shaws Auslegung der mysteriösen Attacke. »Was für wunderliche Dinge doch in seinem Kopf vorgehen müssen.«

»Ich glaube, er hat sich weiter keine Gedanken darüber gemacht – er wollte es wohl nicht.« Ich ertappte mich dabei, den Kritiker zu verteidigen. »Er hatte es zu eilig, Wildes habhaft zu werden.«

»Hm. Ich frage mich, wer noch gezwungen worden ist, diese Medizin zu schlucken.«

»Sie halten es also nicht für einen Scherz?« fragte ich, obwohl ich die Antwort im voraus wußte.

Er lächelte. »Sehr komisch war es auf jeden Fall nicht, finden Sie nicht auch?«

»Und was haben Sie heute nachmittag herausgefunden?« wollte ich wissen.

Er erhob sich und begann, den Raum zu durchschreiten, die Hände tief in den Taschen seines Morgenrocks vergraben. Den Rauch aus seiner Pfeife stieß er wie eine Lokomotive aus. Es schien ihm nicht aufzufallen, daß ich den Fußboden für ihn freigelegt hatte.

»Zunächst stattete ich Mr. Stokers geheimer Wohnung in Porkpie Lane einen Besuch ab«, berichtete er. »Ich ermittelte (ohne sein Wissen), daß er für beide Morde kein Alibi hat. Ich brachte, wie Sie, seinen richtigen Vornamen und seine frühere Betätigung als Theaterkritiker in Erfahrung. Dann begab ich mich zu Jessie Rutlands ehemaliger Wohnung (nahe Tottenham Court Road) und sprach mit ihrer Wirtin. Sie war zurückhaltend, aber hilfreich, ohne es selbst zu merken.«

»Das fügt sich alles prächtig in die Theorie, die ich den Nachmittag über entwickelt habe!« rief ich und sprang auf. »Möchten Sie sie hören?«

»Selbstverständlich. Sie wissen, daß Ihre Gedankengänge mich immer faszinieren.« Er ließ sich in meinem Sessel nieder.

»Gut. Jessie Rutland lernt Bram Stoker kennen. Er enthüllt ihr weder seinen Namen noch seine Identität, sondern gibt statt dessen vor, kürzlich – unter Hinterlassung einer invaliden Ehefrau – aus Indien zurückgekehrt zu sein. Er raucht sogar indische Zigarren, um diese Behauptung glaubwürdiger zu machen. Er mietet der Affäre wegen ein Zimmer in Soho, aber Jonathan McCarthy, sein alter Rivale (der regelmäßig das Savoy besucht), kommt ihm auf irgendeine Weise auf die Schliche und droht dem Mädchen mit Bloßstellung, sollte sie ihm nicht zu Willen sein. Vor Angst um sich selbst und ihren Liebhaber gibt sie nach. Stoker erfährt von ihrem Opfer und setzt sich mit McCarthy in Verbindung, der geneigt ist, ein neues Spiel zu spielen und Geld zu fordern. Sie vereinbaren eine Zusammenkunft, um den Preis für sein Schweigen auszuhandeln. Ihr Gespräch – das ganz gemütlich bei Kognak und Zigarren begonnen hat – entwickelt sich zu einem heftigen Streit, und Stoker bekommt den Brieföffner zu fassen und stößt zu. Er war durchaus dazu imstande«, fügte ich aufgeregt hinzu, während mehr und mehr Teile des Puzzles sich zusammenfanden, »denn er war nicht nur athletischer Meister der Universität Dublin, sondern ist auch ein Bruder des bekannten Arztes William Stoker, der ihm sehr wohl elementare, aber ausreichende Kenntnisse der Anatomie beigebracht haben kann. Wie Sie selbst bereits festgestellt haben, hat er die richtige Größe und trägt die passenden Schuhe.«

»Glänzend, Watson. Glänzend«, murmelte mein Freund und gab seiner Pfeife mit einem Stück Kohle aus dem Kamin neues Feuer. »Und dann?«

»Er macht sich davon. Aber McCarthy ist noch am Leben und schleppt sich zum Bücherregal. Der Band Shakespeare in seiner Hand sollte auf das Lyzeum hinweisen, das auf den Barden spezialisiert ist. Irving bereitet gerade jetzt eine *Macbeth*-Aufführung vor. In der Zwischenzeit steigert sich Stoker in eine Panik. Ihm ist klar, daß Miss Rutland bei der Nachricht von McCarthys Tod – die ihr unabwendbar zu Ohren kommen wird – keinen Zweifel daran haben kann, wer der Mörder ist. Der Gedanke, daß eine andere Person von seinem Geheimnis weiß, nagt an ihm wie ein böses Geschwür. Was, wenn die Polizei sie verhören sollte? Würde sie standhaft bleiben? Er beschließt, daß es nur eine Lösung gibt. Das Savoy ist vom Lyzeum nicht weit entfernt. Er schleicht sich hinter die Bühne und verläßt das Theater durch das ›Beefsteak-Club‹-Zimmer, dann hastet er ins Savoy, wo er das zweite Verbrechen während der Probe zum *Großherzog* verübt, von der er weiß, daß sie im Gange ist. Dann macht er sich in aller Eile wieder auf den Weg ins Lyzeum, und niemand hat etwas gemerkt. Da haben Sie es! Was halten Sie davon?«

Für eine Weile gab er mir keine Antwort, sondern saß mit geschlossenen Augen und sog an seiner Bruyère. Wäre der Rauch nicht gewesen, hätte ich ihn nicht für wach gehalten. Schließlich öffnete er die Augen und nahm die Pfeife aus dem Mund.

»Das ist soweit ganz vorzüglich. Wirklich, Watson, mein Kompliment. Ich bewundere vor allem die Art, in der Sie von dem Band *Romeo und Julia* Gebrauch machen. Warum hat McCarthy dann nicht nach *Macbeth* gegriffen, wenn er, wie Sie sagen, auf das Lyzeum anspielen wollte?«

»Vielleicht konnte er nicht mehr richtig sehen«, schlug ich vor.

Holmes lächelte und schüttelte den Kopf. »Nein, nein. er konnte gut genug sehen, um eine bestimmte Seite aufzuschlagen. Das ist nur ein Argument gegen Ihre Theorie, obwohl ich zugebe, daß sie recht hübsche Details enthält. Sie scheint vieles zu erklären, das gestehe ich Ihnen zu, aber in Wirklichkeit erklärt sie nichts.«

»Nichts?«

»Nun, so gut wie nichts«, verbesserte er sich, wobei er sich zu mir herüberneigte und mir tröstend aufs Knie klopfte. »Sie müssen es mir nicht übelnehmen, alter Freund. Ich schwöre Ihnen, ich habe überhaupt keine Theorie. Oder jedenfalls keine, die Ihre Lücken füllen würde.«

»Ich wüßte gern, was das für Lücken sind.«

»Nehmen wir sie eine nach der anderen. Zunächst einmal, wie konnte Jessie Rutland Bram Stoker kennenlernen – ohne daß auch nur eine Person, die wir befragt haben, es wußte? Männerbekanntschaften sind im Savoy, wie Sie wissen, strengstens untersagt. Wo sollen sie sich angefreundet haben? Miss Rutlands ehemalige Wirtin, eine höchst respektable Dame, sprach in den höchsten Tönen von ihr und entsann sich, sie nur ein einziges Mal in Begleitung eines Mannes gesehen zu haben – und der hatte keinen Bart. Sie war nicht bereit, ihn näher zu beschreiben, aber was sie sagt, schließt unsere beiden Kandidaten aus. Und nun zu Freund McCarthys Notizbuch. Können Sie sich vorstellen, daß er – selbst in der spaßigsten Laune – Bram Stoker als einen liebestrunkenen Narren bezeichnen würde? Macht Ihnen Stoker den Eindruck eines bedauernswerten Schwächlings? Oder finden Sie ihn komisch? Ich denke nicht. Würde ein unparteiischer Beobachter ihn nicht eher als bedrohlich, finster und äußerst robust bezeichnen? Und wie erklären Sie sich, daß unsere Miss Rutland sich in ihn verlieben konnte, während es Ihnen unmöglich erscheint, daß sie an dem Kritiker Gefallen fand? Und wenn wir einmal annehmen, *daß* sie Stoker liebte und er sie, wie konnte McCarthy so unvorsichtig sein, diesen Mann ohne Zeugen zu sich einzuladen? Ihrer Theorie entsprechend, hatte er die Dame verführt und beabsichtigte, ihrem rechtmäßigen Liebhaber Geld abzunehmen. Wie konnte er sich alleine mit einem Mann treffen, dem er so übel mitgespielt hatte? Hätte das in seinen Augen nicht bedeutet, die Vorsehung zu versuchen? Jonathan McCarthy mag ein schlechter Mensch gewesen sein – die Tatsachen sprechen dafür –, aber nichts gibt zu der Annahme Anlaß, er sei ein leichtfertiger Draufgänger gewesen.«

Er hielt inne, klopfte die Asche aus seiner Pfeife und begann sie neu zu füllen. Das schien ihn an etwas zu erinnern.

»Und die indischen Zigarren? Wollen Sie im Ernst behaupten, daß Stoker sie rauchte, um Miss Rutland von seinem Aufenthalt in Indien zu überzeugen? Ich kann mir nicht vorstellen, daß Miss Rutlands Kenntnisse von Tabaksorten weit genug reichten, um einen so feinen Unterschied zu erkennen. Sie werden sich vielleicht entsinnen, daß Sie und ich für eine genaue Identifizierung auf Dunhill's angewiesen waren. Und was das betrifft, wie konnte Stoker in der intimen Welt des Theaters zu hoffen wagen, sein indisches Lügenmärchen glaubhaft zu machen, wo doch so viele Leute ihn kannten? Sie haben heute gehört, daß seine Frau mit Gilbert befreundet ist. Wie lange hätte es gedauert, bis Jessie Rutland, die im Savoy arbeitete, die Wahrheit über ihn herausgefunden hätte? Und wenn er aus irgendeinem abwegigen Grunde die Zigarren wirklich rauchte, um die Illusion zu erhöhen, warum nahm er sie dann mit zu McCarthy? Ihren Ausführungen zufolge wußte der Kritiker ganz genau, wer Stoker war. Ja, wie hätte er sonst Kontakt mit ihm aufnehmen können? Und der Drohbrief an uns, dessen Buchstaben auf indisches Papier geklebt waren? Scheint es Ihnen nicht plausibler, daß Jack Point – wie ich ihn weiterhin nennen werde – tatsächlich vor kurzem aus Indien zurückgekehrt ist und sich damit die Herkunft seines Tabaks und seines Briefpapiers erklärt? Und schließlich übergeht Ihre Theorie den einen, wirklich bemerkenswerten Vorfall in der ganzen Sache.«

»Und was wäre das?«

»Die Medizin, die wir drei gestern abend vor Simpsons Restaurant schlucken mußten. Selbst wenn man Stokers Körperkraft und seine Tendenz zu extravaganten Handlungen in Betracht zieht, was konnte er sich davon erhoffen, uns einzuflößen, was immer für ein Gebräu es war? Bis wir das herausfinden, wird dieser Fall ein Rätsel bleiben.«

Seine Logik war so überzeugend, daß ich mich ihr gegen meinen Willen unterwerfen mußte. »Was werden Sie jetzt tun?«

»Rauchen. Es ist unbedingt ein Drei-Pfeifen-Problem. Möglicherweise mehr, ich kann es nicht sagen.«

Damit ließ er sich inmitten einiger Kissen auf dem Fußboden nieder und rauchte in schneller Folge drei Pfeifen. Er saß unbeweglich, mit starrem Blick, wie die Raupe in *Alice im Wunderland* und hing, unsere Wohnung mit giftigen Dämpfen verpestend, seinen eigenen Gedanken nach.

Ich war an diese Art der Meditation gewöhnt und versuchte, mir die Zeit mit Lesen zu vertreiben, aber selbst Rider Haggards vortreffliche Erzählungen vermochten meine Aufmerksamkeit nicht zu fesseln, während der Abend sich über London senkte. Sie erschienen mir recht zahm im Vergleich zu dem Rätsel, mit dem wir konfrontiert waren und das verworrener und komplexer war als irgendein anderes in der langen und erfolgreichen Laufbahn meines Freundes. Holmes hatte recht, als er die Flüssigkeit, die man uns aufgezwungen hatte, als Schlüssel zu der Affäre bezeichnete. Aber so sehr ich mich bemühte, ich konnte mich kaum an ihren Geschmack erinnern, und meine Unfähigkeit, mir – von den Handschuhen einmal abgesehen – das Äußere des aufdringlichen Mundschenks ins Gedächtnis zu rufen, brachte mich zur Verzweiflung.

Holmes war dabei, eine vierte Pfeife zu stopfen – die besonders abscheuliche Tonpfeife –, als sein Ritual und meine Ungeduld gleichzeitig von einem Klopfen an der Tür und dem Eintreten des sehr selbstsicher dreinblickenden Inspectors Lestrade beendet wurde.

»Haben Sie in letzter Zeit irgendwelche Mörder gefangen, Mr. Holmes?« erkundigte er sich schadenfroh, während er den Mantel auszog. Der Mann war so taktvoll wie ein Elefant.

»Nicht in letzter Zeit.« Der Detektiv blickte gelassen von seinem pilzartigen Kissenhügel auf.

»Aber ich«, krähte der kleine Mann.

»Tatsächlich? Jonathan McCarthys Mörder?«

»Und Jessie Rutlands. Sie wußten wohl nicht, daß die beiden Verbrechen miteinander zu tun haben? Nun, das ist ganz zweifellos der Fall. Miss Rutland war die

Mätresse des Kritikers, und sie starben beide von derselben Hand.«

»Tatsächlich?« wiederholte Holmes erblassend. Ich wußte, es würde ihn empfindlich treffen, sollte es diesem Einfaltspinsel gelingen, die beiden Morde vor ihm aufzuklären. Seine Eitelkeit und seine Berufsehre standen auf dem Spiel. Es hätte seiner ganzen Auffassung von Detektivarbeit widersprochen, wenn die willkürlichen und ungeschickten Methoden von Scotland Yard sich als den seinen überlegen erwiesen hätten.

»Tatsächlich?« echote er ein drittes Mal. »Und haben Sie herausgefunden, warum der Mörder indische Zigarren raucht?«

»Indische Zigarren?« Lestrade lachte dröhnend. »Sie machen sich immer noch Gedanken darüber? Nun, wenn Sie es wissen wollen, dann kann ich es Ihnen erklären. Er rauchte sie, weil er Inder ist.«

»Was?« riefen wir gemeinsam aus.

»So ist es, ein Parse. Er heißt Achmet Singh, und er lebt seit etwas weniger als einem Jahr in England. Er hat, zusammen mit seiner Mutter, einen Gebrauchtmöbel-* und Raritätenladen in der Tottenham Court Road.« Lestrade wanderte kichernd und händereibend im Zimmer umher, unfähig, seine Selbstzufriedenheit und Schadenfreude zu zügeln.

Sofern Sherlock Holmes von den Neuigkeiten des Polizisten verstimmt war, tat er sein Bestes, es sich nicht anmerken zu lassen. »Wo hat er Miss Rutland kennengelernt?«

»Sein Laden ist ganz in der Nähe von ihrer Wohnung. Die Hauswirtin identifizierte ihn und sagte mir, daß er sie

* ›Gebrauchtmöbel‹ ist in England auch ein gebräuchlicher Ausdruck für ›Antiquitäten‹. (Anmerkung des Bearbeiters)

aufzusuchen und mit ihr spazierenzugehen pflegte. Die Frau war so entsetzt über die Beziehungen ihrer Mieterin mit einem braunen Teufel, daß sie es Ihnen gegenüber verschwieg.« Er lachte wieder. »Zum mindesten vermute ich, daß Sie es waren, mit dem sie vor mir gesprochen hatte.« Er mimte mit seinen Händen einen umfangreichen Bauch und lachte erneut. »Es hat seine Vorteile, Polizeibeamter zu sein, Mr. Holmes.«

»Darf ich fragen, wieso er Tabak hatte, obwohl er Parse ist?«

»Sie können mich auch gleich fragen, was er hier in England macht! Wenn er gekommen ist, um unter Weißen zu leben, mag er sich wohl einige unserer Gewohnheiten angeeignet haben. Ja, der Bursche besuchte sogar die Abendschule an der Londoner Universität.«

»Ah! Ein sicheres Zeichen für kriminelle Veranlagung.«

»Sie können ruhig spotten«, erwiderte der Inspektor ungerührt. »Die Sache ist –«, er bohrte seinen Zeigefinger mit Nachdruck in die Brust des Detektivs –, »die Sache ist, daß der Mann für die Mordzeiten kein Alibi hat. Und er hat ein Motiv«, schloß er triumphierend.

»Ein Motiv?« forschte ich.

»Eifersucht! Primitive Leidenschaft! Das können Sie sich doch denken, Doktor. Sie ließ ihn fallen und befreundete sich mit dem Zeitungsmenschen –«.

»Der ihn in sein Haus einlud, wo sich der Parse an Kognak labte«, ergänzte Holmes in mildem Ton.

»Wer weiß, ob er einen Tropfen getrunken hat? Das Glas war noch voll, als es umgestoßen wurde. Er könnte die Einladung zu einem Glas angenommen haben, als Teil seines Planes, sich Zugang zum Haus zu verschaffen.«

»Er wußte natürlich, daß eine Mordwaffe in der Wohnung zur Hand sein werde –«

»Ich habe nicht gesagt, daß er den Mord plante«, gab

Lestrade zurück. »Ich habe nichts von vorsätzlichem Mord gesagt, oder? Er wollte womöglich nur die Rückgabe seiner weißen Frau erbitten.« Lestrade stand auf und nahm seinen Mantel. »Er hat beinahe die richtige Größe. Und er ist Rechtshänder.«

»Und seine Schuhe?«

Lestrade grinste breit. »Seine Schuhe, Mr. Holmes, sind drei Wochen alt und wurden im Strand gekauft.«

## KAPITEL ZWÖLF

## Der Parse und Porkpie Lane

Nachdem Lestrade gegangen war, saß Sherlock Holmes eine ganze Weile unbeweglich. Er schien so versunken, daß ich ihn gerne in Frieden gelassen hätte, aber ich war selbst zu besorgt, um lange an mich halten zu können.

»Sollten wir nicht mit dem Mann sprechen?« fragte ich und warf mich in den Sessel ihm gegenüber. Er blickte langsam und mit gedankenzerfurchter Miene zu mir auf.

»Ja, das sollten wir wohl«, stimmte er zu, stand auf und begann sich anzukleiden. »Unter den Umständen empfiehlt es sich, die üblichen Schritte zu unternehmen.«

»Glauben Sie denn, daß sie tatsächlich den Schuldigen gefunden haben?«

»Den Schuldigen?« Er erwog die Frage, während er einige Schlüssel in die Westentasche steckte und eine Blendlaterne hinter dem Tisch hervorholte. »Ich bezweifle es. Es gibt mir zu viele Erklärungen. Und Ausdrücke wie

›beinahe die richtige Größe‹ verraten, daß Lücken bestehen. Aber wir gehen besser hin, wenn auch nur, um herauszufinden, was sich *nicht* abgespielt hat.« Er trat mit einem Ausdruck von Ernst auf mich zu, den ich noch nie an ihm gesehen hatte. »Ich habe eine dunkle Ahnung, daß Böses bevorsteht, Watson. Lestrade hat sich hübsch säuberlich einen Indizienfall gebastelt, in dem das abscheuliche Gespenst des Rassenvorurteils eine bedeutende und unverhohlene Rolle spielen wird. Achmet Singh mag unschuldig sein, aber er ist von Anbeginn im Nachteil.«

Er äußerte sich nicht weiter zu dem Thema, sondern überließ mich während der schweigsamen Fahrt nach Whitehall meinen eigenen Gedanken. Wir hatten keine Schwierigkeiten, zu dem Häftling eingelassen zu werden, da Lestrade uns bei seinem Besuch selbst aufgefordert hatte, den Mann aufzusuchen.

Als man uns zu Singhs Zelle brachte, gab Holmes einen Seufzer der Erleichterung von sich. Der Mann, den wir durch das Fensterchen in der Zellentür betrachteten, war winzig von Gestalt und drahtig gebaut. Er erschien weder stark noch groß genug, um die Kraftproben zu vollbringen, die die Anklage ihm würde unterstellen müssen. Außerdem trug er eine Brille mit den dicksten Gläsern, die ich je gesehen hatte, und hielt die Zeitung, die er las, nicht einmal einen Zentimeter von seiner Nase entfernt.

Holmes nickte dem Wärter zu, der die Tür aufschloß.

»Achmet Singh?«

»Ja?« Ein Paar dunkelbrauner Augen blinzelten uns hinter Brillengläsern an. »Wer sind Sie?«

»Ich bin Sherlock Holmes. Dies ist Dr. Watson.«

»Sherlock Holmes!« Der kleine Mann kam eifrig auf uns zu. »Dr. Watson!« Er wollte unsere Hände ergreifen, überlegte es sich aber anders und zog sich mißtrauisch zurück. »Was wünschen Sie?«

»Wir möchten Ihnen helfen, wenn wir können«, sagte Holmes freundlich. »Dürfen wir uns setzen?«

Singh zuckte die Achseln und wies unbestimmt auf seine armselige Pritsche. »Für mich gibt es keine Hilfe«, erwiderte er mit zitternder Stimme, »ich habe kein Alibi, und ich kannte das Mädchen. Außerdem habe ich die passende Schuhgröße und kaufe im falschen Schuhgeschäft ein. Schließlich und endlich bin ich farbig. Wo in aller Welt sind die Geschworenen, die einer solchen Kombination widerstehen könnten?«

»Britische Geschworene werden ihr widerstehen«, sagte ich, »vorausgesetzt, daß wir der Anklage Mangel an Beweisen vorwerfen können.«

»Bravo Watson!« Holmes ließ sich auf der Pritsche nieder und winkte mir, dasselbe zu tun. »Mr. Singh, lassen Sie uns Ihre Version des Vorgefallenen hören. Zigarette?« Er gab vor, ein Etui aus der Tasche zu ziehen, aber der andere lehnte mit einer zerstreuten Handbewegung ab.

»Meine Religion verweigert mir die Tröstungen von Tabak und Alkohol.«

»Wie bedauerlich.« Holmes verbarg mit Mühe ein Schmunzeln. »Berichten Sie mir nun, was Sie von dieser Sache wissen.«

»Was habe ich Ihnen zu sagen, da ich die arme Miss Rutland nicht umgebracht habe und nicht weiß, wer es getan hat?« Die unglückselige Kreatur hatte Tränen in den Augen; die dicken Gläser schienen sie zu vergrößern und damit seinen Kummer zu verdoppeln.

»Sie müssen uns alles mitteilen, was Sie wissen, auch wenn es Ihnen noch so unwichtig erscheint. Fangen wir mit Miss Rutland an. Wie haben Sie sie kennengelernt?«

Der Häftling lehnte sich gegen die Ziegelmauer neben der Tür und sprach in die Ecke hinein: »Sie kam in meinen Laden; sie wohnte in der Nähe. Ich verkaufe außer alten englischen Möbeln östliche Raritäten, und sie hatte Spaß daran, sich in ihrer Freizeit solche Dinge anzusehen. Ich beantwortete ihre Fragen über die Stücke, die ihr gefielen, und erläuterte ihr, soweit ich es konnte, ihre Herkunft. Allmählich begannen wir, uns über andere Dinge zu unterhalten. Sie war Waise, ich hatte vor kurzem meine Mutter verloren. Abgesehen von meinen Kunden und ihren Freunden im Theater kannten wir beide niemanden.« Er brach ab und schluckte mühsam. Sein Adamsapfel ragte zwischen den angespannten Muskeln seines dürren Halses hervor, als er sich umdrehte und den Detektiv durch die Zelle hinweg ansah. »Wir waren einsam, Mr. Holmes. Ist das ein Verbrechen?«

»Ganz gewiß nicht«, erwiderte mein Freund mit sanfter Stimme. »Fahren Sie fort.«

»Dann gingen wir gelegentlich miteinander spazieren. Nichts weiter, darauf gebe ich Ihnen mein Wort!« fügte er hastig hinzu. »Wir gingen einfach spazieren. Wir wanderten umher, abends, bevor es kühl wurde und sie zur Arbeit mußte. Und wir setzten unsere Gespräche fort.«

»Ich verstehe.«

»Wirklich?« Er stieß ein Lachen aus, das mehr wie ein Schluchzen klang. »Das ist erfreulich. Inspector Lestrade versteht es nicht. Er legt mein Verhalten etwas anders aus.«

»Kümmern Sie sich jetzt nicht um Inspector Lestrade. Fahren Sie mit Ihrer Erzählung fort.«

»Es gibt nichts weiter zu erzählen. Wohin wir auch gingen, man starrte uns an und flüsterte. Erst beachteten wir es nicht. Wir waren so einsam, und die Einsamkeit verlieh uns den Mut, uns gegen Konventionen aufzulehnen.«

»Und dann?«

Er seufzte, und seine Schultern bebten. »Und dann fing es an, uns aufzufallen. Es ängstigte uns. Wir versuchten eine Zeitlang, unsere Angst zu unterdrücken, wir empfanden sie zu stark, um sie einander mitzuteilen. Und dann –«, er zögerte, von seinen eigenen Erinnerungen verwirrt.

»Ja?«

»Sie traf einen anderen Mann.« Er sprach so leise, daß es schwierig war, ihn zu verstehen. »Einen Weißen. Es fiel ihr schwer, mir das zu sagen«, fuhr er fort, und die Tränen rollten ihm jetzt übers Gesicht, »aber wir empfanden mehr und mehr Unbehagen, wenn wir zusammen waren. Unsere Ängste nahmen zu. Unbedeutende Zwischenfälle – die im Vorbeigehen gehörte Bemerkung eines Straßenhändlers – erschreckten sie immer mehr, und sie begleitete mich nur widerstrebend, wenn ich kam, um sie abzuholen. Aber sie konnte sich immer noch nicht dazu überwinden, von ihren Befürchtungen oder von dem Mann, den sie kennengelernt hatte, zu sprechen. Ich glaube, sie wollte es vermeiden.« Er machte eine Pause. »Also sagte ich es ihr. Ich wies sie darauf hin, daß unsere häufigen Zusammenkünfte Gerede in der Nachbarschaft verursachten und daß es mir geraten schien, diesem Gerede ein Ende zu setzen, bevor es ihrem Ruf schaden oder ins Theater gelangen könnte. Sie versuchte, ihre Erleichterung zu verbergen, aber ich konnte sehen, daß ihr ein Stein vom Herzen fiel. Sie war ein guter Mensch, Mr. Holmes, gutherzig und großzügig, und es war nicht ihre Art, einen Freund im Stich zu lassen. Dann erzählte sie mir von dem Mann, den sie getroffen hatte. Dem weißen Mann«, wiederholte er in einem hilflosen Ton, daß es mir das Herz zerriß.

»Oh, nichts, als daß sie ihn kennen und lieben gelernt hatte. Die Vorschriften im Savoy sind in solchen Dingen ungeheuer streng, und sie mußte Diskretion bewahren. Ich glaube auch, daß sie mich nicht mit Einzelheiten quälen wollte. Darum blieben wir immer in unserer eigenen Gegend«, fügte er hinzu, »es hätte ihren Ruin bedeutet, wäre sie in meiner Begleitung gesehen worden.« Er blickte aus der knienden Stellung, in die er sich hatte sinken lassen, zu uns auf. »Das ist alles, was ich Ihnen sagen kann.«

»Was studieren Sie an der Universität?«

»Jura.«

»Aha!« Holmes ging zu ihm und schüttelte ihm die Hand. »Mr. Singh, ich bitte Sie, lassen Sie den Mut nicht sinken. Es sieht augenblicklich nicht gut für Sie aus, aber ich werde dafür sorgen, daß Sie nicht auf die Anklagebank kommen.«

Der Inder musterte ihn eine Weile mit forschendem Blick durch seine dicken Brillengläser. »Warum sollte es Sie kümmern, ob ich auf der Anklagebank bin oder nicht? Ich kenne Sie nicht und kann Sie für die Mühe, die Sie um meinetwillen auf sich nehmen, nicht entschädigen.«

Sherlock Holmes' graue Augen wurden feucht. Ich hatte selten einen so gefühlvollen Ausdruck in ihnen gesehen. »Der Wahrheit in dieser Welt nachzugehen, ist eine Mühe, die wir alle bereitwillig um unserer selbst willen auf uns nehmen sollten«, sagte er.

Der Parse stand immer noch tränenüberströmt da, starrte den Detektiv an, schluckte und brachte kein Wort heraus.

»Der Mann ist hoffnungslos astigmatisch«, stellte Holmes fest, als wir das düstere Gebäude verließen. »Haben Sie bemerkt, auf was für eine Weise er die Zeitung lesen mußte?« Die übliche zurückhaltende Kühle in seiner Stimme und seinem Gesichtsausdruck hatten sich wieder eingestellt. »Es ist undenkbar, daß er über einen Tisch, der so groß ist wie der in McCarthys Wohnung, etwas klar erkennen konnte; und es ist ebenso schwierig, sich vorzustellen, daß jemand seiner Größe aus dieser Entfernung einen tödlichen Stoß mit einem stumpfen Brieföffner ausführte.«

»Und was schlagen Sie vor?«

Er sah im Licht der Straßenlaterne auf seine Uhr. »Kurz nach acht«, verkündete er. »Theaterzeit. Würden Sie mich auf einem Ausflug begleiten, Doktor?«

»Einen Ausflug? Wohin?«

»Porkpie Lane Nummer 14, Soho.«

»Bram Stokers Wohnung?«

»Ja.«

»Werden wir einbrechen?«

»Wenn Sie nichts dagegen haben.«

»Nicht das geringste. Aber wieso interessiert Sie der Ort, da Sie meine Theorie ja ablehnen?«

»Angesichts der jüngsten Ereignisse« – er zeigte mit gekrümmtem Daumen auf das Gefängnis – »bleibt uns nichts übrig, als selbst die nur am Rande Verdächtigen in dieser Sache zu eliminieren. Ich habe keine eigene Theorie, und Stoker plagt uns wie ein Gespenst. Vielleicht können wir seinen Einfluß aus unseren Gedanken verbannen. Zu diesem Zweck habe ich die Blendlaterne und ein paar Schlüssel mitgebracht, die sich als nützlich erweisen dürften. Kommen Sie mit? Gut. Droschke!«

Die Droschke brachte uns in eine Gegend des West End, die mir nicht vertraut war. Wir fuhren zunächst durch gut, wenn auch etwas grell erleuchtete Straßen, in denen grölendes Gelächter und blecherne Musik widerhallten, dann erreichten wir eine Gegend, in der selbst die vereinzelten Straßenlaternen kaum Licht verbreiteten. Ich blickte mich in der Düsternis um, und die Vorstellung, hier gestrandet zu sein, behagte mir überhaupt nicht. Es waren in diesem Stadtviertel nur wenig Leute unterwegs; zumindest waren sie nicht sichtbar, aber mir schien, daß sie hinter Fenstern, in dunklen Ecken und in den drohenden Schatten der Häuser lauerten. Unsere Droschke war hier offenbar eine Neuheit, eine Auszeichnung, die von unserem Kutscher, den ich eine Flut von Verwünschungen ausstoßen hörte, mit starken Gefühlen aufgenommen wurde. Die Pferdehufe hallten gespenstisch auf dem verlassenen Kopfsteinpflaster.

Porkpie Lane Nummer 14 war ein dreistöckiges Gebäude, zwischen zwei schäbige Nachbarhäuser eingezwängt. Sie waren etwas höher und lehnten über dem Dach von Nummer 14 gegeneinander, was einen schraubstockartigen Eindruck erweckte.

»Wo ist es?« fragte ich und sah zu der sonderbaren Konstruktion empor.

»Im zweiten Stockwerk, in der Mitte. Das Fenster ist dunkel, wie Sie sehen. Es hat einen kleinen Vorsprung.«

»Man wollte vielleicht ursprünglich einen Balkon dort anbringen.«

»Gut möglich.«

Wir stiegen aus und vereinbarten mit dem widerwilligen Kutscher, daß er in einer Stunde zurückkommen und uns heimfahren solle. Er war froh, fortzukommen, und ich konnte es ihm nicht verübeln, denn die Umgebung war in keiner Weise anziehend. Ich hoffte nur, er würde sein Wort halten und zurückkehren.

Wir warteten im Schatten des nächsten Gebäudes, bis das Pferd um die Ecke geklappert war. Dann zog Holmes, nachdem er sich sorgfältig umgeschaut hatte, einen Schlüssel aus der Tasche und hielt ihn in das kärgliche Licht.

»Ein sehr nützlicher Gegenstand«, sagte er leise, »ich bekam ihn von Tony O'Hara, dem Gelegenheitsdieb, als ich ihn schnappte. Erinnern Sie sich an den Fall, Watson? Es war eine Art Abschiedsgeschenk, ein ganzer Ring voll von diesen hübschen Dingern. Sie öffnen jeweils eine Reihe einfacher Schlösser von derselben Machart. Wenn es mit einem nicht geht, nimmt man den nächsten.«

»Sie haben heute abend nur zwei mitgenommen«, bemerkte ich, während er den Schlüssel ins Haustürschloß steckte und ihn hin und her drehte. »Woher wußten Sie, welche die richtigen waren?«

»Weil ich mir heute nachmittag die Schlösser angesehen habe.«

»Ich wußte nicht, daß Sie ein so geschickter Einbrecher sind.«

»Recht geschickt«, erwiderte er munter, »und immer bereit für eine gute Sache. Es ist die Sache, die kleine Vergehen wie dieses rechtfertigt.« Er zwinkerte mir im Dunkeln zu. »*L'homme c'est rien, l'œuvre c'est tout.* Kommen Sie, Watson.«

Das Schloß hatte unter seinen vorsichtigen Handhabungen nachgegeben, und die Tür öffnete sich vor uns. Ein winziger Korridor führte direkt zu einem baufälligen Treppenhaus. Wir erstiegen es ohne weiteres Zaudern, da es uns sicherer schien, uns so schnell wie möglich etwaigen Blicken zu entziehen. Ich sah mich beim Hinaufgehen um und überlegte, wozu das Haus wohl diente.

Der Detektiv, der ein paar Stufen hinter mir war, hatte meine Gedanken gelesen. »Es ist eine Art Pension von der Sorte, die auf Durchgangskunden eingestellt ist«, informierte er mich. »Nur voran.«

Es dauerte ein wenig länger, die Wohnungstür zu öffnen, aber nach einigen raffinierten Manipulationen war auch dieses Hindernis überwunden, und wir befanden uns in dem privaten Sanktuarium von Bram Stoker. Holmes öffnete die Blendlaterne, und wir sahen uns in dem kleinen Zimmer um.

»Nicht gerade romantisch«, bemerkte er trocken und

drehte sich langsam, die Laterne hoch über seinem Kopf haltend. Das Zimmer war zwar schäbig, aber reinlich und einfach. Es waren nur drei Möbelstücke zu sehen: ein Schreibtisch, ein Stuhl und eine kleine Couch. Auf dem Tisch standen ein einsames Tintenfaß und ein Löscher. An den gesprungenen Wänden, deren Tapete sich ablöste, hingen weder Bilder noch sonst irgendein Zierat.

»Kaum ein Ort für ein Stelldichein«, stimmte ich zu.

Er antwortete mit Brummen und ging zum Schreibtisch. »Ich beginne die Logik zu sehen, Watson. Die geheime Geliebte unseres Mr. Stoker ist die Muse der Literatur. Aber warum die Geheimnistuerei?« Er stellte die Laterne auf den Schreibtisch, setzte sich davor und begann, Schubladen aufzuziehen. Ich ging zu ihm und blickte ihm über die Schulter, während er ein Bündel von Papier hervorzog, das von einer präzisen, kleinen, überraschend femininen Handschrift bedeckt war.

»Schauen Sie sich das an.« Er reichte mir einen Stapel, und ich begann – in Ermangelung eines anderen Stuhls oder einer zweiten Lichtquelle – neben ihm stehend zu lesen. Der Mann hatte, wie es schien, eine Reihe von Briefen, Tagebucheintragungen und persönlichen Notizen kopiert, die von Personen namens Jonathan Harker, Lucy Westenra, Dr. Abraham van Helsing, Arthur Holmwood und Mina Murray stammten.

»Das muß eine Art Roman sein«, sagte Holmes leise, über die Papiere gebeugt.

»Ein Roman? Sicherlich nicht.«

»Ja, ein Roman, in Brief- und Tagebuchform geschrieben. Fällt Ihnen am Namen Jonathan Harker nichts auf?«

»Ich nehme an, er hat eine vage Ähnlichkeit mit Stokers richtigem Namen.«

»Vage? Er enthält genau die gleiche Silbenzahl, und die Silben sind in derselben Weise auf Vor- und Nachnamen verteilt. Stoker und Harker sind beinahe identisch, und Jonathan und Abraham stammen aus derselben Quelle, der Bibel. Harker muß Stokers literarisches Ich sein.«

»Warum gibt es dann einen Doktor *Abraham* van Helsing?« fragte ich und zeigte ihm den Namen. Er las ihn stirnrunzelnd.

»Namenspiele, Namenspiele«, murmelte er. »Offenbar war dieser Teil meiner Auslegung nicht zutreffend oder doch unvollständig.« Er fuhr fort zu lesen, wobei er die Manuskriptseiten sorgfältig umblätterte und vor Konzentration die Lippen schürzte.

»Sehen Sie sich das an«, sagte er nach einigen schweigsamen Minuten. Ich kehrte von einer nutzlosen Besichtigungsrunde im Zimmer zurück und las, wieder über seine Schulter gebeugt:

*Auf dem Bett neben dem Fenster lag Jonathan Harker, schwer atmend, mit gerötetem Gesicht, wie betäubt. Am Bettrand, das Gesicht dem Zimmer zugewandt, kniete die weißgekleidete Gestalt seiner Frau; an ihrer Seite stand ein hochgewachsener Mann, der Graf. Er hielt mit seiner rechten Hand ihren Nacken und zwang ihr Gesicht auf seine Brust. Ihr weißes Nachtkleid war blutbefleckt, und ein dünnes Rinnsal sickerte auf seine nackte Brust, die von seinen zerfetzten Kleidern freigegeben wurde. Die Haltung der beiden erinnerte an ein Kind, das die Nase eines Kätzchens in die Milch stößt, um es zum Trinken anzuhalten.**

* Dieser Absatz und die Namen der Personen lassen keinen Zweifel daran, daß es sich bei dem Manuskript um einen frühen Entwurf von *Dracula* handelte, von Stoker im Jahr 1895 begonnen und 1897 veröffentlicht. Ellen Terrys Äußerung, »als es das erste Mal vorkam‹, bezieht sich zweifellos auf die Veröffentlichung von Stokers Kurzgeschichtenband *Under the Sunset*. Henry Irving war außerordentlich besitzergreifend, was Stokers Zeit betraf.

»Guter Himmel!« rief ich aus und fuhr mir mit der Hand über die Stirn. »Das ist lasterhaft!«

»Und dies.« Er legte mir eine andere Seite vor.

*» ...Und du bist jetzt Fleisch von meinem Fleisch, Blut von meinem Blut, du bist mein; meine Weinpresse, die für eine Weile reichlich gibt.« Dann öffnete er mit seinen langen scharfen Nägeln das Hemd und legte eine Ader bloß. Als das Blut herauszuquellen begann, nahm er meine Hände in die eine Hand, packte mit der anderen meinen Nacken und preßte meinen Mund an die Wunde, so daß ich entweder ersticken oder etwas von dem – oh, mein Gott, was habe ich getan?*

»Holmes, was für ein wahnwitziges Werk ist das?«

»Kein Wunder, daß er im geheimen schreibt«, bemerkte der Detektiv und schaute zu mir auf. »Ist Ihnen noch etwas anderes aufgefallen?«

»Was meinen Sie?«

»Nur, daß unser Mr. Stoker weiß, wie man jemanden zum Schlucken zwingt.« Ich überflog die beiden Absätze noch einmal, und wir starrten einander entsetzt an.

»Sollte man uns gezwungen haben, Blut zu trinken?« flüsterte ich schreckerfüllt.

Bevor er antworten konnte, vernahmen wir beide das Getrappel von Pferdehufen in der Straße.

»Es ist noch zu früh für die Droschke«, stellte Holmes fest, indem er die Blendlaterne schloß und den Raum in Finsternis hüllte. Er lugte durch die Fensterläden auf die Straße. »Großer Gott! Er ist es!«

»Der Droschkenkutscher?«

»Stoker!«

## KAPITEL DREIZEHN

## Der verschwundene Polizist

»Schnell, Watson.« Holmes raffte in aller Geschwindigkeit die Papiere zusammen und legte sie in die Schubladen zurück, denen er sie entnommen hatte. Während in der Stille die Droschkentür zuschlug, eilte er zum Eingang und verschloß ihn von innen.

»Aber, Holmes –«

»Der Balkon, Mensch! Schnell!«

In kürzerer Zeit, als ich brauche, um es niederzuschreiben, stießen wir das Fenster auf und erklommen den schmalen Vorsprung, wobei wir die Läden hinter uns schlossen, während Stokers schwere Schritte auf der Treppe zu vernehmen waren.

»Schauen Sie nicht nach unten«, war die letzte Anweisung meines Freundes, als wir uns an die Mauer preßten und der Dinge harrten, die da kommen sollten.

Wir brauchten nicht lange zu warten. Sekunden, nachdem wir unsere nicht allzu sichere Position eingenommen hatten, öffnete sich die Wohnungstür, und Stoker trat ein. Er verschloß die Tür hinter sich und begab sich zum Schreibtisch, drehte das Gas an und zog die Schubladen auf. Er entnahm ihnen Schreibzeug, frisches Papier und das bereits Geschriebene, das er zu ordnen begann, ohne irgend etwas von unserem Eindringen zu merken. Dann ließ er sich ohne weitere Verzögerung nieder, um an seinem abscheulichen Manuskript zu arbeiten.

Wie lange wir, an den Fensterrahmen geklammert, auf dem schmalen Sims standen, ist schwer zu sagen. Der Mond war aufgegangen, und wir fühlten uns wie unter einer Lampe aufgespießte Insekten. Wir wagten nicht, uns zu regen, denn wir waren unserem heimlichen Romanschriftsteller so nahe, daß das geringste Geräusch seine Aufmerksamkeit erregt hätte. Während die Zeit verrann und wir den Himmel um die Rückkehr unserer Droschke anflehten, fingen unsere Hände an, trotz der Handschuhe empfindungslos zu werden. Die Stille um uns wurde nur von einem gelegentlichen Husten im Zimmer unterbrochen.

Nach einem Zeitraum, der uns wie ein Jahr erschien, wurde das Schweigen plötzlich vom Klang sich nähernder Pferdehufe zerrissen. Holmes und ich tauschten Blicke, und er gab mir ein Zeichen, unter dem Fensterladen hindurchzuschauen. Ich konnte den Autor auch erspähen; er saß, taub gegen alles, was außerhalb seiner eigenen perversen Welt vorging, über seine Erzählungen gebeugt. Ich ließ Holmes durch ein Blinzeln wissen, daß die Luft rein war, und er gab mir mit einigen Gesten seiner freien Hand zu verstehen, daß wir auf das Dach der Droschke springen mußten, wenn sie unter uns anhielt.

Der bemitleidenswerte Kutscher bog in die Straße ein und sah sich nervös um. Holmes signalisierte ihm von unserem luftigen Versteck aus und winkte ihn heran, wobei er ihm mit einem dramatisch wirkenden Finger an den Lippen Schweigen gebot. Der Mann schien wie vom Donner gerührt, als er uns sozusagen vom Mond herabhängen sah, ging aber auf die Gebärden des Detektivs ein und brachte die Kutsche langsam vorwärts. Nachdem er sie an die richtige Stelle rangiert hatte, ließen wir uns vorsichtig und so geräuschlos wie möglich auf das Dach hinunter.

Als wir gelandet waren, schlug Holmes dem Kutscher dankbar auf die Schulter. »Baker Street«, wies er ihn leise an, und wir kehrten, den teuflischen Mr. Stoker seinen ausgefallenen literarischen Versuchen überlassend, in unsere Wohnung zurück.

»Ihre Theorie hat wieder Federn lassen müssen«, bemerkte Holmes, als wir die siebzehn Stufen zu unseren Räumen hinaufstiegen. »Bram Stokers geheimer Unterschlupf dient der Schriftstellerei und keinem Rendezvous, da seine Familie und sein Arbeitgeber von dieser Betätigung offenbar nichts halten.«

»Ich kann verstehen, warum«, sagte ich. »Aber was halten Sie von den Passagen in dem Buch – die, in denen Leute zum Trinken gezwungen werden?«

»Ich habe auf dem Rückweg darüber nachgedacht«, erwiderte er und blieb auf der Treppe stehen. »Es gibt in Wirklichkeit nur die eine Methode, jemanden zum Trinken zu bringen. Nein, Watson, ich fürchte, die Sache hat eine ernste Wendung genommen. Wir mögen wünschen, Bram Stoker sei unser Mann, aber er ist es nicht – sowenig wie die unglückliche Kreatur, die Lestrade verhaftet hat. Der einzige Unterschied zwischen ihnen«, fügte er hinzu, als er die Tür öffnete, »ist, daß Achmet Singh hängen wird, wenn wir nicht den wirklichen Mörder finden. Hallo! Oh, es ist der junge Hopkins!«

Es war auch wirklich der Polizist mit dem sandfarbenen Haar, dem bei unserem Eintritt gerade ein Stuhl von unserer Hauswirtin angeboten wurde. Er stand sofort etwas unbeholfen auf und erklärte, Mrs. Hudson habe ihm erlaubt, auf uns zu warten.

»Schon recht, Mrs. Hudson«, sagte Holmes beruhigend, um ihren Redefluß zu dem Thema zu unterbrechen. »Ich weiß, daß Sie nicht gerne Polizisten im Wohnzimmer herumstehen haben.«

Die vielgeplagte Frau machte eine kurze Bemerkung über das sonderbare Treiben, das sich dieser Tage in ihrem Hause abspiele (womit sie, wir mir klar war, Holmes' nachmittäglichen Auftritt meinte), und zog sich zurück.

»Nun also, Hopkins«, begann Holmes, sobald sich die Tür geschlossen hatte, »was bringt Sie zu einer Stunde in die Baker Street, in der die meisten dienstfreien Polizisten zu Hause sind und die Füße hochlegen? Ich stelle fest, daß Sie auf Umwegen hierher gelangt sind und sich große Mühe gegeben haben, nicht gesehen zu werden.«

»Himmel, Sir, wie haben Sie das herausgefunden?«

»Mein lieber junger Mann, Sie haben sich jeder Spur Ihrer Uniform entledigt, das heißt, Sie sind möglicherweise erst nach Hause gegangen. Und dann, was für ein Hosenbein! Es müssen sieben verschiedene Spritzer darauf sein, jeder augenscheinlich aus einem anderen Stadtteil. Mir scheint, ich erkenne Morast von der Gloucester Road, den Zement, den sie in der Kensington –«

»Ich mußte mich gewaltig vorsehen.« Der Jüngling errötete und sah bald Holmes, bald mich unsicher an.

»Sie können vor Dr. Watson hier sprechen, als sei ich allein«, versicherte Holmes ihm liebenswürdig.

»Nun gut.« Er seufzte und kam zu einem offenkundig schweren Entschluß. »Ich muß Ihnen rundheraus sagen, meine Herren, daß meine Anwesenheit hier mich in eine sehr schwierige Situation bringt – mit der Polizei, meine ich.« Er beäugte uns sorgenvoll. »Ich bin aus eigenem Antrieb gekommen, verstehen Sie, nicht in offiziellem Auftrag.«

»Bravo«, murmelte Holmes. »Ich hatte recht, Hopkins. Sie haben eine Zukunft.«

»Ich bezweifle stark, daß ich bei Scotland Yard eine haben werde, wenn das hier herauskommt«, gab der niedergedrückte Polizist zurück, und seine ehrlichen Züge umwölkten sich bei diesem Gedanken noch mehr. »Vielleicht sollte ich am besten –«

»Warum rücken Sie sich nicht diesen Sessel ans Feuer und erzählen mir alles von Anfang an?« unterbrach ihn Holmes mit beschwichtigender Liebenswürdigkeit. »So ist es recht. Machen Sie es sich nur gemütlich. Hätten Sie gerne etwas zu trinken? Nein? Nun gut, ich bin ganz Ohr.« Zur Bestätigung schlug er die Beine übereinander und schloß die Augen.

»Es geht um Mr. Brownlow«, begann der Wachtmeister nach einigem Zaudern. Er sah, daß Holmes' Augen geschlossen waren, und warf mir einen verblüfften Blick zu, aber ich winkte ihm, fortzufahren. »Mr. Brownlow«, wiederholte er. »Sie kennen Mr. Brownlow?«

»Den Polizeiarzt? Ich glaube, ich bin ihm gestern in South Crescent auf der Treppe begegnet. Er kam, um McCarthys Leiche abzuholen, nicht wahr?«

»Ja, Sir.« Hopkins fuhr sich mit der Zunge über die trockenen Lippen.

»Ein guter Mann, Brownlow. Hat er bei der Autopsie etwas Interessantes gefunden?«

Es trat eine Pause ein.

»Hat er etwas gefunden?«

»Wir wissen es nicht, Mr. Holmes.«

»Aber er muß doch seinen Bericht eingereicht haben.«

»Nein. Die Sache ist –«, Hopkins zögerte wieder, »– Mr. Brownlow ist verschwunden.«

Holmes öffnete die Augen. »Verschwunden?«

»Ja, Mr. Holmes. Er ist wie vom Erdboden verschwunden.«

Der Detektiv stieß lautlos die Luft aus. Seine schlanken Hände begannen mit mechanischen, aber nervösen Bewegungen eine Pfeife zu stopfen, die neben ihm gelegen hatte. »Wann wurde er zuletzt gesehen?«

»Er arbeitete den ganzen Tag an McCarthy in der Leichenhalle – im Labor –, und er verhielt sich äußerst merkwürdig.«

»Was meinen Sie mit merkwürdig?«

Der Wachtmeister verzog das Gesicht, als wolle er lachen. »Er warf sämtliche Assistenten und Leichenträger aus dem Labor; zwang sie alle, sich auszuziehen und sich mit Karbol und Alkohol abzureiben und eine Dusche zu nehmen. Und wissen Sie, was er machte, während sie duschten?«

Der Detektiv schüttelte den Kopf. Ich mühte mich, die leise Stimme des Wachtmeisters zu verstehen.

»Mr. Holmes, er *verbrannte alle ihre Kleider*.«

Die Augen meines Freundes leuchteten auf. »Tat er das wirklich? Und dann verschwand er?«

»Noch nicht. Er fuhr fort, alleine an dem Leichnam zu arbeiten, und dann wurden, wie Sie wissen, Miss Rutlands Überreste hereingebracht, und er untersuchte sie kurz. Dann wurde er wieder ganz aufgeregt, versammelte aufs neue die Leichenträger und die Assistenten und ließ sie sich wieder entkleiden und mit Karbol und Alkohol scheuern und duschen.« Er machte eine Pause, leckte sich die Lippen und holte Atem. »Und während sie duschten –«

»Verbrannte er ihre Kleider ein zweites Mal?« wollte

Holmes wissen. Er konnte seine Erregung nicht unterdrücken, rieb sich begeistert die Hände und zog hektisch an seiner Pfeife. Der junge Mann nickte.

»Es war beinahe komisch. Das erste Mal dachten sie, er wolle sich einen Scherz mit ihnen machen, aber jetzt waren sie wütend, vor allem die Träger. Sie mußten alle in Decken von der Unfallstation gehüllt werden, und in der Zwischenzeit verbarrikadierte sich Mr. Brownlow im Laboratorium. Sie holten Inspector Gregson von Whitehall, aber Mr. Brownlow ließ auch ihn nicht herein. Er hatte einen Polizeirevolver bei sich und drohte, jeden zu erschießen, der über die Schwelle käme. Die Tür ist sehr dick und hat keine Glasscheibe, also mußten sie ihn den ganzen Nachmittag und bis spät in der Nacht dort lassen.«

»Und jetzt?«

»Jetzt ist er fort.«

»Fort? Wie? Sie waren doch sicher schlau genug, einen Posten an der Labortür zu plazieren?«

Hopkins nickte energisch. »Ja, aber sie vergaßen, den Hinterausgang des Labors zu bewachen.«

»Und wohin führt der?«

»Zu den Ställen und Schuppen. Das Labor erhält auf diesem Weg seine Lieferungen. Die Tür ist größer und leichter zu verschließen, deshalb versuchten sie gar nicht erst, von dieser Seite einzudringen. Sehen Sie, Mr. Holmes, niemand kam auf den Gedanken, daß er die Absicht haben könnte, das Labor zu *verlassen*. Gerade umgekehrt. Wir nahmen an, er wolle uns loswerden und für sich bleiben. Und man konnte ihn dort drinnen mit sich selbst reden hören.«

Holmes schloß die Augen und lehnte sich wieder in seinen Sessel zurück.

»Er verschwand also durch den Hinterhof?«

»Ja, Sir. In einem Polizeiwagen.«

»Haben Sie es bei ihm zu Hause versucht? Brownlow ist verheiratet, soweit ich mich entsinne, und wohnt in Knightsbridge. Haben Sie dort nachgefragt?«

»Er ist nicht nach Hause gekommen, Sir. Wir haben Wachen aufgestellt, und weder sie noch seine Frau haben eine Spur von ihm gesehen. Sie ist außer sich, wie Sie sich denken können.«

»Äußerst merkwürdig. Ich nehme an, daß alle diese Vorgänge in der Leichenhalle nicht die geringste Auswirkung auf die allgemeine Annahme bei Scotland Yard haben, Achmet Singh sei eines Doppelmordes schuldig?«

»Nicht die geringste, Sir, obwohl ich sagen möchte, daß irgendeine Verbindung besteht.«

»Warum glauben Sie das?«

Der junge Hopkins schluckte angestrengt. »Weil da noch etwas ist, das ich Ihnen noch nicht gesagt habe, Mr. Holmes.«

»Und das wäre?«

»Mr. Brownlow hat die Leichen mitgenommen.«

Holmes beugte sich so plötzlich vor, daß der Wachtmeister zusammenfuhr.

»Was? Miss Rutland und McCarthy?«

»So ist es, Sir.« Der Detektiv sprang auf und begann im Zimmer auf und ab zu gehen, während der junge Polizist ihm mit Blicken folgte. »Ich bin zu Ihnen gekommen, Sir, weil mir schien, unerfahren wie ich bin, daß Sie in gewissen Angelegenheiten logischer denken als –«, er brach ab, von seiner eigenen Indiskretion peinlich berührt, aber Holmes, der tief in Gedanken versunken war, schien es nicht zu merken.

»Hopkins, wenn wir uns das Labor näher ansehen würden, hätte das irgendwelche Folgen für Sie?«

Der junge Mann erbleichte. »Bitte, das dürfen Sie nicht

tun. Die sind dort in großer Aufregung und wollen, daß niemand etwas erfährt. Sie sind überzeugt davon, daß die Vorkommnisse sie der Lächerlichkeit preisgeben würden – ein Polizeiarzt, der alle Kleidungsstücke verbrennt und dann mit zwei Leichen verschwindet …«

»So kann man es auch sehen«, gab Holmes zu. »Also gut. Sie müssen mir, so gut Sie können, noch einige Fragen beantworten.«

»Ich will es versuchen, Sir.«

»Haben Sie das Labor nach Brownlows Verschwinden gesehen?«

»Ja, Sir. Ich habe dafür gesorgt, daß es zu meinen Aufgaben gehörte.«

»Vorzüglich! Hopkins, Sie übertreffen wirklich meine kühnsten Erwartungen. Nun sagen Sie mir, was war im Labor?«

Der Wachtmeister, eifrig bemüht, sich weiterhin das überschwengliche Lob des Detektivs zu verdienen, runzelte in konzentriertem Nachdenken die Stirn.

»Leider nicht viel. Weniger als gewöhnlich, um die Wahrheit zu sagen. Der Raum war gründlich gescheuert worden und roch stark nach Karbol. Das einzig Ungewöhnliche waren die verbrannten Kleider in den Chemikalienbecken, in denen er sie angezündet hatte. Und er hatte Lauge über die Asche gegossen.«

»Woher wissen Sie dann, was es war?«

»Es waren noch einige Knöpfe übrig, Sir.«

»Hopkins, Sie sind ein Prachtkerl!« Holmes rieb sich wieder die Hände. Und sind Sie Ihre Hals- und Kopfschmerzen wieder ganz losgeworden?«

»Ganz und gar. Lestrade sagte gestern, es sei wahrscheinlich nur –« Er brach ab und starrte den Detektiv an. »Ich kann mich nicht entsinnen, mein Unwohlsein erwähnt zu haben.«

»Das haben Sie auch nicht, aber das ändert nichts an der Tatsache, daß es Ihnen besser geht. Ich bin entzückt, es zu hören. Sie haben nichts vergessen? Ein kleines Schlückchen vielleicht?«

Hopkins sah ihn verwirrt an. »Schlückchen? Nein, Sir. Es tut mir leid, aber ich weiß nicht, was Sie meinen.«

»Gewiß nicht. Lestrade fühlt sich auch wieder ganz auf der Höhe, wie?«

»Er hat sich völlig erholt«, antwortete der Wachtmeister. Er hatte die Hoffnung aufgegeben, die geheimnisvollen Äußerungen des Detektivs zu ergründen. Holmes zog die Brauen zusammen und stützte nachdenklich das Kinn auf die Hand.

»Sie haben beide mehr Glück gehabt, als sie ahnen.«

»Hören Sie, Holmes«, mischte ich mich ein, »ich glaube, ich weiß, was Sie meinen. Es hat etwas mit Ansteckung oder Verseuchung zu tun –«

»Zweifellos.« Seine Augen glänzten. »Aber wir müssen herausfinden, *was* sich zu verbreiten droht. Watson, Sie haben beide Leichen gesehen und sie flüchtig untersucht. Ist Ihnen irgend etwas aufgefallen, das auf eine Krankheit hinweist?«

Ich saß da und grübelte, während sie mich beobachteten. Holmes fiel es schwer, seine Ungeduld zu zügeln.

»Ich entsinne mich, erwähnt zu haben, daß in beiden Fällen der Hals vorzeitig erstarrt war. Wie bei geschwollenen Drüsen. Aber eine Unzahl allgemein verbreiteter Beschwerden beginnt mit einer Halsentzündung.«

Holmes seufzte, nickte und wandte sich wieder dem Polizisten zu. »Hopkins, ich fürchte, eine geheime Visite an der Hintertür des Leichenhauslabors ist unvermeidlich. Es steht weit mehr auf dem Spiel als die Würde der Londoner Polizei. Wir müssen herausfinden, wie ein

Mann die beiden Leichen hinausbefördern konnte. Warum, das beginnen wir zu ahnen.«

»Um sie zu vernichten?« fragte ich.

Holmes nickte grimmig. »Und es scheint mir geraten, eine allgemeine Suche nach dem verschwundenen Polizeiwagen zu starten.«

»Das ist bereits geschehen, Mr. Holmes«, sagte der junge Wachtmeister mit einiger Befriedigung. »Wenn er in London ist, werden wir ihn in die Hände kriegen.«

»Eben das darf nicht geschehen«, erwiderte Holmes, während er sich seinen Mantel umwarf. »Niemand darf ihm nahe kommen. Watson, sind Sie noch dabei?«

## KAPITEL VIERZEHN

### *Der Schrecken des West End*

Wenig später standen wir, nach einer Droschke Ausschau haltend, in Begleitung des besorgten Wachtmeisters auf dem Bürgersteig von Nummer 221 b. Ich sah im Schein der Laternen eine vertraute Gestalt die Straße herunter auf uns zutanzen.

»Haben Sie schon die neueste Schandtat gehört?« rief Bernard Shaw, ohne uns auch nur die Hand zu geben. »Sie haben die ganze Sache einem Parsen angehängt!«

Sherlock Holmes wollte den sprunghaften Iren davon unterrichten, daß wir von der neuesten Entwicklung wußten, aber im selben Moment erkannte Shaw den jungen Hopkins und richtete die ganze Fülle seines beißenden Sarkasmus gegen diesen bedauernswerten jungen Mann.

»Nicht in Uniform, wie?« hub er an. »Und das empfiehlt sich auch, wenn man einen Mord plant. Ich bin erstaunt, saß Sie mit Ihren blutigen Händen es überhaupt wagen, sich öffentlich zu zeigen! Glauben Sie denn im Ernst, Wachtmeister, daß das britische Publikum, so gutgläubig es auch manchmal ist, dieses Komplott einfach hinnehmen wird? Es wird sich das nicht bieten lassen, Wachtmeister, glauben Sie mir. Das ist zu stark, das entbehrt jeder Glaubwürdigkeit. Wir sind nicht in Frankreich, das machen Sie sich besser klar.* Uns könnt ihr nicht mit einer xenophobischen Scharade ablenken!«

Hopkins bemühte sich, während wir weiter nach einer Droschke Ausschau hielten, die auf ihn niederprasselnde Wortflut einzudämmen. Er wies darauf hin, daß nicht er den Inder verhaftet hatte.

»Aha!« Der andere bemächtigte sich eifrig der Gelegenheit zu einem literarischen Vergleich. »Sie waschen also Ihre Hände wie Pontius Pilatus in Unschuld? Ich frage mich, wie genug Platz am Trog für so viele schmutzige Hände sein kann. Wenn Sie denken –«

»Mein lieber Shaw«, protestierte Holmes mit Nachdruck, »ich weiß nicht, woher Sie von Mr. Singhs Festnahme wissen – wahrscheinlich wird die Nachricht von den Zeitungsjungen verhökert –, aber wenn Sie nichts Besseres zu tun haben, als um Viertel nach zwölf meine biederen Nachbarn aus dem Schlummer zu schrecken, dann schlage ich Ihnen vor, uns zu begleiten. Droschke!«

»Wohin?« wollte Shaw wissen, als die Droschke anhielt. Es klang nicht im geringsten reumütig.

»Zur Leichenhalle. Jemand hat sich offenbar mit unseren Leichen davongemacht!«

»Davongemacht?« wiederholte Shaw beim Einsteigen. Die Auskunft bewirkte, was Sergeant Hopkins nicht

* Es steht nicht fest, worauf Shaw damit anspielt. Ich nehme an, daß er sich auf den Prozeß des Hauptmanns Dreyfus bezieht.

gelungen war, und der Kritiker verfiel in Schweigen, während er über ihre Bedeutung nachsann. Auf dem Weg zum Hinterhof der Leichenhalle wichen seine schrillen Verwünschungen einem nachdenklichen Gemurmel. Ein paar Straßen von unserem Ziel entfernt ließ Holmes den Kutscher anhalten, und wir stiegen aus. Der Fahrer wurde im Flüsterton angewiesen, auf unsere Rückkehr zu warten. Der Hof war bei unserer Ankunft verlassen, obwohl die Stimmen der Pferdeknechte von den gegenüberliegenden Ställen zu hören waren. Wir schlichen uns, vom gelben Lichtschein aus den Fenstern geleitet, verstohlen voran. Sergeant Hopkins, der aus einleuchtenden Gründen mehr Angst davor hatte, erwischt zu werden, als wir selbst, blickte sich ständig um.

»Diese Tür führt zum Labor?« fragte Holmes leise und zeigte auf ein breites, hölzernes, verliesartiges Tor, das etwa zwei Meter über dem Boden endete.

Hopkins nickte und warf einen unruhigen Blick über die Schulter. »Das ist sie, Mr. Holmes.«

»Man kann die Radspuren da erkennen, wo der Wagen rückwärts eingefahren ist.« Der Detektiv kniete nieder und zeigte uns die Doppelspur, die in dem kärglichen Licht klar zu erkennen war. »Natürlich hat die Polizei ihre Nachforschungen angestellt«, fügte er seufzend hinzu und zeigte uns die überall sichtbaren Fußabdrücke.

»Es sieht aus, als hätten sie einen schottischen Rundtanz veranstaltet«, bemerkte ich, voll Verständnis für seinen Verdruß.

Er grunzte zustimmend und verfolgte die Radspuren von der Erde zum Kopfsteinpflaster, auf dem sie nicht mehr sichtbar waren. »Er bog nach links ein, mehr ist nicht festzustellen«, ließ er uns wissen, als er zur Tür zurückkehrte, an der wir warteten. »Es ist unmöglich, zu sagen, wohin er nach Verlassen des Hofes gefahren ist.«

»Vielleicht sollten wir Toby holen«, schlug ich vor.

»Die Zeit reicht nicht, um nach Lambeth und zurück zu fahren, und was hätten wir dann, um ihn auf die Spur zu bringen? Er ist nicht mehr der Jüngste, wie Sie wissen, und der Karbolgestank würde nicht ausreichen. Verdammt! Jede Sekunde gibt dieser Seuche – oder was immer es ist – mehr Gelegenheit, sich auszubreiten. Hallo, was ist das?«

Er hatte vornübergebeugt gesprochen, beinahe den Boden berührend, den er Zentimeter für Zentimeter untersuchte. Jetzt ließ er sich, gleich unterhalb der Labortür, wieder auf die Knie nieder. Als er sich aufrichtete, hielt er vorsichtig etwas in der rechten Hand hoch. »Die Schlinge um Achmet Singhs Hals beginnt sich zu lockern, wenn ich mich nicht sehr täusche.«

»Wieso?« fragte Shaw und trat vor.

»Wenn die Anklage unterstellt, daß der Parse diese indischen Stumpen rauchte, dann wird es ihr schwerfallen, das Vorhandensein dieses Überrests vor dem Leichenhaus zu erklären, während Singh selbst in einer speziell bewachten Einzelzelle in Whitehall sitzt.«

»Sind Sie sicher, daß es sich um die gleiche Zigarre handelt?« fragte ich behutsam. Ich wollte seine Fähigkeiten nicht anzweifeln, fand es aber um des Häftlings willen notwendig.

»Ganz sicher«, erwiderte er, ohne Anstoß zu nehmen. »Ich habe mein Bestes getan, sie zu erkennen, sollte ich sie jemals wiedersehen. Sie ist, wie Sie sehen können, sehr gut erhalten. Beachten Sie die auffallend viereckig geformten Enden. Unser Mann hat sie einfach beiseite geworfen, als der andere ihm die Labortür öffnete.«

»Der andere?«

Holmes drehte sich zu Hopkins um. »Ich nehme an, daß Mr. Brownslow keine indischen Zigarren rauchte?«

»Nein, Sir«, erwiderte der junge Mann. »Soviel ich weiß, rauchte er überhaupt nicht.«

»Ausgezeichnet. Dann war ein anderer Mann hier, und es ist dieser andere Mann, um den es uns geht. Brownslow führte keine Selbstgespräche, sondern unterhielt sich mit unserem Verdächtigen.«

»Und Mr. Brownslow?« fragte Hopkins, dessen redliches Gesicht seine Verblüffung offenbarte.

»Hopkins –«, der Detektiv legte ihm die Hand auf die Schulter –, »es ist Zeit, daß wir uns trennen. Je weiter die Nacht vorschreitet, desto verfänglicher wird Ihre Lage. Folgen Sie meinem Rat, gehen Sie nach Hause und gönnen Sie sich eine gute Nachtruhe. Sagen Sie niemandem etwas von dem, was Sie heute nacht hier gesehen und gehört haben, und ich werde meinerseits versuchen, Ihren Namen aus der Sache herauszulassen – es sei denn, Achmet Singh steht am Fuße des Galgens. In diesem Fall bliebe mir nichts anderes übrig, als drastische Schritte zu unternehmen.«

Hopkins zögerte, zwischen seiner Neugier und seinem Pflichtgefühl hin- und hergerissen. »Werden Sie mir wenigstens sagen, was Sie herausgefunden haben?« bat er.

»Ich fürchte, daß ich das nicht versprechen kann.«

Der Wachtmeister verweilte noch etwas und zog sich dann mit deutlichem Widerwillen zurück. Die Loyalität gegenüber seinen Vorgesetzten überwog seine persönliche Neigung.

»Ein heller Junge«, bemerkte Holmes, nachdem er gegangen war. »Und jetzt, Watson, zählt jede Minute. Kennen Sie jemanden, der uns über Tropenkrankheiten informieren könnte?«

»Tropenkrankheiten?« rief Shaw aus, aber Holmes bedeutete ihm zu schweigen und wartete auf meine Antwort.

»Ainstree* gilt allgemein als größte lebende Autorität in diesem Feld«, erwiderte ich, »aber er ist, wenn ich mich nicht irre, zur Zeit auf den Karibischen Inseln.«

»Was hat all dies mit Tropenkrankheiten zu tun?« verlangte Shaw mit erhobener Stimme zu wissen.

»Lassen Sie uns zur Droschke zurückgehen, und ich werde es erklären. Aber seien Sie so gut, Ihre Stimme zu dämpfen.«

»Ich glaube, wir sollten Dr. Moore Agar in Harley Street aufsuchen«, fuhr er fort, als wir die Droschke erreicht hatten. »Sie haben ihn mir wiederholt empfohlen, Watson, wenn ich an Überarbeitung und Erschöpfung litt.«

»Ich rechnete nicht damit, daß Sie ihn nach ein Uhr morgens zu Rate ziehen würden«, ließ ich ihn wissen. »Außerdem ist der Mann kein Spezialist für Tropenkrankheiten.«

»Nein, aber er wird uns vielleicht einen namhaften Experten nennen können.«

»In Gottes Namen«, explodierte Shaw, während die Droschke in Richtung Harley Street davonratterte, »Sie haben immer noch nicht erklärt, warum wir einen Spezialisten für Tropenkrankheiten brauchen!«

»Verzeihen Sie mir, aber ich beabsichtige, völlige Klarheit zu schaffen, bevor die Nacht vorüber ist. Im Moment kann ich nur sagen, daß Jonathan McCarthy und Miss Jessie Rutland nicht getötet wurden, um sie am Leben zu hindern, sondern um ihnen einen grausameren und gefährlicheren Tod zu ersparen.«

»Wie kann ein Tod gefährlicher sein als ein anderer?« spöttelte Shaw im dunklen Wageninnern.

* Watson hatte Holmes gedrängt, Ainstree als Experten für tropische Krankheiten im *Fall des sterbenden Detektivs* (1887) hinzuzuziehen.

»Sehr einfach. Verschiedene Todesarten schaffen unterschiedliche Gefahren für die Überlebenden. Alle Leichen werden zu Infektionsquellen, wenn man sie nicht beseitigt, aber ein Körper, der eines natürlichen Todes stirbt, ja, selbst einer, der erstochen wird, ist für andere weniger bedrohlich als einer, der einer bösartigen Krankheit zum Opfer fällt.«

»Sie wollen sagen, daß diese beiden gewalttätig ermordet wurden, um die verheerenden Auswirkungen irgendeiner Krankheit zu vermeiden?« rief Shaw aus.

»So ist es. Einer bösartigen Krankheit, die sie mit der Zeit so sicher getötet hätte wie eine Kugel. Ihre Leichen wurden aus dem Labor gestohlen, um weitere Infektionen zu verhindern, und wir drei, die wir der Gefahr am stärksten ausgesetzt waren, wurden gezwungen, ein Gegengift einzunehmen.«

»Gegengift!« kreischte der Kritiker, und seine Stimme stieg unversehens um eine Oktave. »Dann hat der Scherz vor Simpson's –«

»– uns das Leben gerettet. Das sollte mich nicht wundern.«

»Wenn Ihre Theorie zutrifft«, brummte Shaw. »Aber von was für einer Krankheit sprechen wir?«

»Ich habe keine Ahnung und wage es nicht, eine Vermutung zu äußern. Da alles Beweismaterial auf jemanden deutet, der kürzlich aus Indien zurückgekehrt ist, erlaube ich mir, von einer Tropenkrankheit zu sprechen, aber mehr kann ich aus so spärlichen Informationen nicht schließen.«

»Zweifellos wurden die Leichen auch gestohlen, um eine Autopsie zu vermeiden, die den Krankheitszustand enthüllt hätte.«

»Und Brownlow? Hat er Jack Point geholfen?«

»Er hat ihm die Tür geöffnet, soviel scheint sicher. Wir

müssen annehmen, daß er die Wahrheit herausgefunden hat – warum hätte er sonst das Labor gescheuert und die Bahrenträger gezwungen, zu duschen und ihre Kleider zu verbrennen?«

»Und wo ist er jetzt?«

Holmes zögerte. »Ich habe die große Befürchtung daß Mr. Brownlow tot ist. Die Absicht des Mörders war es, eine Epidemie zu verhindern, und der Polizeiarzt war aufgrund seines Berufs der Ansteckung stärker ausgesetzt als wir.«

Ich konnte bemerken, wie Holmes' Kiefer sich anspannten, und in seinem Gesichtsausdruck entdeckte ich etwas, das ich in allen Jahren unserer Bekanntschaft nie gesehen hatte. Es war Furcht.

Es war beinahe zwei Uhr, als die Droschke uns vor Dr. Moore Agars imposantem Haus in Harley Street absetzte. Holmes verkündete, daß Warten nicht dazu beitragen würde, Dr. Agar unseren späten Besuch erquicklicher zu gestalten, begab sich die Stufen hinauf und zog mehrere Male kräftig an der Klingel. Es dauerte eine Weile, bis erst in einem Fenster, dann in dem darüber, Lichter erschienen. Kurz darauf wurde die Tür von der Haushälterin geöffnet, einer älteren Frau, die halb schlafend in Nachtmütze und Schlafrock auf der Schwelle stand.

»Es tut mir außerordentlich leid Sie stören zu müssen«, erklärte der Detektiv energisch, aber es ist von äußerster Dringlichkeit, daß ich sofort mit Dr. Agar spreche. Mein Name ist Sherlock Holmes.« Er reichte ihr seine Karte. Sie blinzelte sich den Schlaf aus den Augen und starrte uns an.

»Einen Augenblick bitte. Wollen die Herren bitte in den Flur treten?«

Dort mußten wir stehenbleiben, während sie die Tür

schloß und sich auf den Weg machte. Sherlock Holmes wanderte aufgeregt in dem kleinen Vestibül auf und ab und biß sich auf die Knöchel.

»Es ist mit Händen zu greifen, ich weiß es«, rief er verzweifelt, »aber ich kann es nicht ergründen, ums Leben nicht!«

Die innere Flurtür öffnete sich, und die Haushälterin, die jetzt etwas munterer war, ließ uns ein und führte uns in Dr. Moore Agars Praxis, wo sie das Gas andrehte und die Tür schloß. Dieses Mal brauchten wir nicht lange zu warten. Der Doktor selbst – groß, schmal und distinguiert – eilte sofort ins Zimmer. Er war dabei, den Gürtel seines rotseidenen Schlafrocks zu binden, schien aber hellwach.*

»Mr. Holmes, was bedeutet dies? Sind Sie krank?«

»Nicht, daß ich wüßte, Doktor. Aber ich komme in einer verzweifelten Situation zu Ihnen, um eine Auskunft zu erhalten, von der das Leben vieler abhängen kann. Entschuldigen Sie, daß ich keine Zeit an Vorstellungszeremonien verschwende. Immerhin glaube ich, daß Sie Dr. Watson bereits kennen.«

»Sagen Sie mir, was Sie wissen wollen, und ich werde versuchen, Ihnen zu helfen«, erwiderte Agar ohne weitere Umschweife. Sollte unser unangekündigter Besuch zu so später Stunde ihn gestört haben, so gab er es nicht zu erkennen.

»Gut. Ich brauche den Namen des führenden Spezialisten für Tropenkrankheiten hier in London.«

»Tropenkrankheiten?« Er runzelte die Stirn und fuhr sich mit einer eleganten Handbewegung über den Mund, während er seine Antwort erwog. »Also, es ist Ainstree, der –«

* In *Das Abenteuer mit des Teufels Fuß* (1897) verspricht Watson, eines Tages das dramatische erste Treffen zwischen Holmes und Dr. Agar wiedergeben zu wollen. Um dieses scheint es sich hier zu handeln.

»Er ist zur Zeit nicht in England«, teilte ich ihm mit.

»Ha! Nein, das ist wahr.« Der Arzt unterdrückte ein Gähnen, das seine Gedächtnisschwäche im Hinblick auf die vorgerückte Stunde erklären sollte.

»Lassen Sie mich sehen –«

»Jede Minute zählt, Dr. Agar.«

»Ich verstehe.« Er überlegte noch einen Augenblick, seine blauen Augen schienen unbewegt; dann schnalzte er plötzlich mit den Fingern. »Jetzt fällt es mir ein. Es gibt einen jungen Mann, der Ihnen vielleicht helfen kann. Sein Name ist mir entfallen, aber ich kann in meinem Arbeitszimmer nachsehen, es dauert nur eine Minute. Warten Sie hier.«

Er nahm ein Stück Papier vom Schreibtisch und ging hinaus. Holmes fuhr fort, ruhelos auf und ab zu gehen wie ein eingesperrtes Tier.

»Man sehe sich diesen Raum nur an«, knurrte Shaw und wies mit einer Armbewegung auf den Plüsch um uns her. »Kostbar gebundene Bücher und alle möglichen Geräte! Die Medizin könnte, was Illusionen angeht, leicht mit dem Theater wetteifern, wenn sie wollte. Dienen alle diese Gegenstände wirklich dazu, den Patienten zu heilen, oder sind sie nichts als Kulissen, die ihn mit der Macht und Glorie des Schamanen beeindrucken sollen?«

»Wenn ein Patient durch Illusionen geheilt wird, so ist auch das ein Erfolg«, protestierte ich, worauf Shaw mich mit einem sonderbaren Blick betrachtete. Ich muß auch hier wieder bekennen, daß die sarkastischen Bemerkungen dieses Menschen mich irritierten, aber Holmes, der den Austausch nicht wahrzunehmen schien, fuhr fort, den Raum zu durchqueren.

»Wenn also«, fuhr Shaw fort, »ein Mann von der Pest befallen wird und zu seinem Doktor geht, dann ist Ihrer

Meinung nach ein Zimmer voller Bücher und Instrumente wie dieses hier –«

»Pest!« Holmes fuhr herum, mit zitternden Händen, das Gesicht totenbleich. »Pest«, wiederholte er in einem beinahe ehrfürchtigen Ton. »Damit haben wir es zu tun.«

Niemals hatte ein einzelnes Wort solches Grauen in den Tiefen meiner Seele geweckt.

»Pest?« wiederholte ich mit schwacher Stimme und unterdrückte ein Schaudern. »Wie können Sie das wissen?«

»Watson, unschätzbarer Watson! Sie hielten den Schlüssel von Anfang an in den Händen! Entsinnen Sie sich der Zeile von Akt drei, Szene eins aus *Romeo und Julia*? »Die Pest auf beide Häuser!‹ Er meinte es wörtlich! Und was geschah, als die Pest nach London kam?«

»Sie schlossen die Theater«, warf Shaw ein.

»So ist es.«

In diesem Moment ging die Tür auf, und Agar kam mit einem zusammengefalteten Stück Papier in der Hand zurück.

»Hier ist der Name, den Sie brauchen«, teilte er dem Detektiv mit und hielt ihm das Papier hin.

»Ich kenne den Namen bereits«, erwiderte Holmes und nahm es an sich. »Ah, Sie haben die Adresse hinzugefügt. Das ist von größtem Nutzen. Ah, es war die ganze Zeit vor meinen Augen, und ich war blind! Schnell, Watson!« Er stopfte das Papier in die Tasche. »Dr. Agar –«, er ergriff die Hand des erstaunten Arztes und schüttelte sie im Vorbeigehen –, »tausend Dank!« Er stürzte aus dem Zimmer und ließ uns nichts anderes übrig, als ihm zu folgen.

Die Droschke wartete auf uns, wie angeordnet, und Holmes sprang hinein und brüllte dem Fahrer zu: »Dreiunddreißig Wyndham Place, Marylebone, und schnell!« Es gelang uns gerade noch, hinter ihm in das Fahrzeug zu klettern, bevor es mit hallendem Hufschlag durch das nächtliche London raste.

»Die ganze Zeit, die ganze Zeit«, unaufhörlich intonierte Sherlock Holmes diese Litanei, während wir auf unserer schicksalsträchtigen Fahrt die verlassenen Straßen durcheilten. »Hat man das Unmögliche eliminiert, so ist der Rest, wenn auch noch so unwahrscheinlich, die Wahrheit. Wenn ich nur dieser einfachen Maxime gefolgt wäre!« stöhnte er. »Watson, Sie sehen in mir den größten Narren des christlichen Abendlandes.«

»Mir scheint, es handelt sich vielmehr um den gestörtesten Irren«, fiel Shaw ein. »Reißen Sie sich zusammen, Mann, und sagen Sie uns, was vorgeht.«

Mein Freund lehnte sich vor, und seine grauen Augen blitzten wie Leuchtturmstrahlen im Dunkeln.

»Das Wild, mein lieber Shaw! Das Wild ist aufgescheucht, und nie habe ich eine solche Beute vor mir gehabt! Die größte Beute meiner Laufbahn, und wenn ich sie nicht fange, dann sind wir womöglich alle dem Verderben ausgeliefert!«

»Um Himmels willen, können Sie sich nicht etwas klarer ausdrücken? Ich habe außerhalb des Haymarket noch nie soviel Melodrama gehört!«

Holmes lehnte sich zurück und blickte ruhig um sich. »Sie brauchen gar nicht auf mich zu hören. In wenigen Minuten werden Sie alles von den Lippen des Mannes erfahren, den wir suchen – wenn er noch am Leben ist.«

»Noch am Leben?«

»Er ist der Krankheit zu nahe gekommen. Er muß ihr früher oder später erliegen.«

»Der Pest?«

Holmes nickte. »Irgendwann in der Mitte des vierzehnten Jahrhunderts ankerten drei Gewürzschiffe im Hafen von Genua. Außer ihrer Ladung brachten sie Ratten mit sich, die sich unter die Nagetiere der Stadt mischten. Kurz darauf gab es überall in den Straßen tote Ratten, Tausende toter Ratten. Dann begann die menschliche Bevölkerung zu sterben. Die Symptome waren einfach: Schwindel, Kopfschmerzen, Halsentzündung und dann harte schwarze Beulen unter den Armen und um die Lenden. Nach den Beulen – Schüttelfieber, Übelkeit und blutiger Auswurf. Innerhalb von drei Tagen war der Patient tot. Beulenpest. Während der nächsten fünfzig Jahre erlag ihr beinahe die Hälfte der Einwohner Europas, mit einer Sterberate von neunzig Prozent aller Infizierten. Die Leute nannten die Krankheit den Schwarzen Tod, und sie muß zu den größten Naturkatastrophen der Menschheitsgeschichte gezählt werden.«

»Woher stammte sie?« Wir sprachen im Flüsterton.

»Aus China, von wo sie nach Indien gelangte. Die Kreuzfahrer und später die Kaufleute brachten sie mit sich – sie zerstörte Europa und verschwand dann so plötzlich, wie sie ausgebrochen war.«

»Und kam nie mehr zurück?«

»Nicht für dreihundert Jahre. Wie Shaw sagte, mußten Mitte des siebzehnten Jahrhunderts die Theater geschlossen werden, als die Pest England erreichte. Das große Feuer von London muß ihr ein Ende gesetzt haben.«

»Aber seitdem hat man doch wohl nicht mehr davon gehört.«

»Im Gegenteil, mein lieber Watson, man hat davon gehört – und es ist nicht länger her als ein Jahr.«

»Wo?«

»In China. Sie brach so heftig aus wie stets zuvor und sprang von Hong- Kong auf Indien über, wo sie, wie Sie aus den Zeitungen wissen, zur Zeit die Bevölkerung dezimiert.«

Ich mußte zugeben, daß es schwierig war, die Beulenpest, von der man in der Presse las, mit einem so festverwurzelten Schrecken zu assoziieren wie dem Schwarzen Tod – und noch schwieriger, sich einen erneuten Einfall der todbringenden Pestilenz hier in England vorzustellen.

»Wie dem auch sei, wir sind jetzt mit der Möglichkeit konfrontiert«, erwiderte Sherlock Holmes. »Ah, hier sind wir. Eile, meine Herren!« Er schickte die Droschke fort und eilte die Stufen zu Nummer 33 hinauf. Wir stellten fest, daß die Tür nicht verriegelt war. Holmes stieß sie vorsichtig auf. Sogleich stieg uns ein abscheulicher Gestank in die Nase.

»Was ist das?« keuchte Shaw, der auf der Vordertreppe taumelte.

»Karbol.«

»Karbol?«

»Äußerst konzentriert. Bedecken Sie Ihre Nase und Ihren Mund, meine Herren. Watson, Sie haben Ihren Revolver nicht bei sich? Nein? Was für ein Jammer! Gehen wir hinein.« Er zog sein eigenes Taschentuch, preßte es sich vors Gesicht und trat ein.

Die Lichter waren aus, und wir wagten nicht, das Gas anzudrehen und so die Mieter aufzuschrecken. Obwohl ich sagen muß, daß es mir unbegreiflich ist, wie irgend jemand eine friedliche Nacht in diesem beißenden Gestank verbringen konnte.

Nach und nach, während wir uns im ersten Stock entlangtasteten, drang ein schnarrendes, rhythmisches Geräusch an unsere Ohren. Es klang wie der Pulsschlag einer Maschine, die dringend geölt werden muß.

Wir richteten unsere Schritte instinktiv auf dieses pumpende Geräusch zu und fanden uns bald in einem verdunkelten Zimmer wieder.

»Kommen Sie nicht näher!« röchelte plötzlich eine Stimme ganz nahe. »Mr. Holmes, nicht wahr? Ich habe Sie erwartet.« Ich erkannte eine vermummte Gestalt, die in einem Sessel bei den Fenstern kauerte, die der Straße zugekehrt waren.

»Ich hoffte, wir würden Sie rechtzeitig finden, Dr. Benjamin Eccles.«

Die Gestalt bewegte sich im Dunkeln und drehte unter mühevollem Stöhnen das Gas an.

## KAPITEL FÜNFZEHN

### Jack Point

Es war tatsächlich der Theaterarzt, den uns das schwache Licht der einsamen Lampe offenbarte.

Aber wie verändert! Sein Körper war im Sessel zusammengesunken wie der eines verschrumpften, alten Affen, und sein Gesicht wäre mir unkenntlich, ja nicht als menschlich erschienen, hätte Holmes ihn nicht identifiziert. Sein Körper war verrunzelt wie ein verfaulter Apfel und mit abscheulichen schwarzen Beulen und Pusteln bedeckt, die aufgeplatzt waren und von einer Flüssigkeit trieften, die schmutzigen Tränen glich. Das ekelhafte Naß lief über sein Gesicht und ließ es glänzen. Seine Augen waren so geschwollen und blutunterlaufen, daß er sie kaum öffnen konnte, und das Weiße unter seinen Lidern rollte beängstigend. Seine Lippen waren vertrocknet und aufgesprungen, von blutenden Ekzemen bedeckt. Mit kaltem Entsetzen, das mir durch Mark und Knochen schoß, wurde mir klar, daß das pumpende Geräusch sein qualvolles Atmen war, pfeifend wie die Luft in einer Orgel, und meine Erfahrung sagte mir, daß Dr. Eccles keine Stunde mehr zu leben hatte.

»Kommen Sie nicht näher«, wiederholte diese Erscheinung in heiserem Flüsterton. »Ich sterbe, und es darf mir niemand nahe kommen. Wenn alles vorbei ist, müssen Sie dieses Zimmer und seinen gesamten Inhalt verbrennen, vor allem meine Leiche – ich habe alles niedergeschrieben, für den Fall, daß Sie zu spät kämen –, aber, was immer Sie tun, rühren Sie den Leichnam nicht an! Verstehen Sie? Rühren Sie ihn nicht an!« krächzte er. »Die Seuche wird durch direkten Kontakt übertragen.«

»Ihre Anweisungen sollen aufs genaueste ausgeführt werden«, antwortete Holmes mit fester Stimme. »Gibt es irgend etwas, womit wir Ihren Zustand erleichtern können?«

Die faulende Masse wiegte sich langsam von einer Seite auf die andere, die schwarze, geschwollene Zunge baumelte lose aus dem, was einst ein Mund gewesen war.

»Es gibt nichts, was Sie tun können – und ich verdiene es nicht anders. Ich verdanke meinen Tod meinen eigenen Verirrungen und habe meine Schmerzen durch meine Sünden auf mich gebracht. Aber Gott weiß, daß ich sie liebte, Mr. Holmes! So gewiß ein Mann jemals eine Frau in dieser Welt geliebt hat, so gewiß liebte ich Jessie Rutland, und kein Mann in dieser Welt hat jemals um seiner Liebe willen das getan, was mein Schicksal mich zu tun zwang!« Er stieß ein ersticktes Schluchzen aus, das die elenden Überreste seines Körpers erschütterte, und das war beinahe sein Ende. Wir mußten eine ganze Minute die gräßlichsten Geräusche anhören, bis er sich schließlich erholte.

»Ich bin Katholik«, sagte er, als er seiner Stimme wieder mächtig war. »Es versteht sich von selbst, daß ich keinen Priester kommen lassen kann. Sind Sie bereit, meine Beichte anzuhören?«

»Wir werden sie anhören«, erwiderte mein Freund mit weicher Stimme. »Können Sie sprechen?«

»Ich kann. Ich muß!« Mit übermenschlicher Anstrengung richtete die Kreatur sich im Sessel auf. »Ich kam vor etwas über vierzig Jahren nicht weit von hier, in Sussex, auf die Welt. Meine Eltern waren wohlhabende Gutsbesitzer, und ich war, wenn auch nicht der älteste Sohn, der Liebling meiner Mutter und erhielt eine ausgezeichnete Ausbildung. Ich besuchte Winchester und dann die Universität in Edinburgh, wo ich mein Staatsexamen in Medizin absolvierte. Ich bestand meine Prüfungen mit Glanz, und alle meine Professoren waren sich darin einig, daß meine Stärke in der Forschungsarbeit läge. Aber ich war ein junger Mann, der den Kopf voller Abenteuer und Ideen hatte. Ich hatte so viel Zeit über meinem Studium verbracht, daß ich unbedingt etwas erleben wollte, bevor ich mich für immer zwischen Reagenzgläsern und Mikroskopen niederließ. Ich wollte etwas vom Leben sehen, bevor ich mich in die klösterlichen vier Wände des Laboratoriums zurückzog, und so nahm ich an einem Kurs für Militärärzte in Netley teil. Ich kam unmittelbar nach der Meuterei der Sepoys nach Indien und führte fünfzehn Jahre lang das Leben, von dem ich geträumt hatte. Ich diente unter Braddock und später unter Fitzpatrick. Ich war an der Front im Zweiten Afghanischen Krieg und, wie Sie, Dr. Watson, in Maiwand. Ich führte die ganze Zeit über Tagebuch und hielt alles fest, was mir auf meinen Reisen begegnete, hauptsächlich Beobachtungen von Tropenkrankheiten, die ich als Militärarzt behandelte – denn ich war entschlossen, eines Tages meinem Ruf zu folgen und mich der Forschung zu widmen.«

Hier hielt er inne, brach in einen heftigen Hustenanfall aus und spuckte Blut auf den Teppich. Auf dem Tisch, gerade außerhalb seiner Reichweite, standen eine Wasserkaraffe und ein Glas, die Shaw ihm zuschieben wollte.

»Zurück, Sie Narr!« keuchte er. »Verstehen Sie denn nicht?« Er ergriff mit großer Anstrengung das Glas und stürzte den Inhalt gierig hinunter; das Wasser gurgelte, für alle hörbar, durch seine aufgeblähten Gedärme.

»Vor fünf Jahren verließ ich die Armee und ließ mich in Bombay nieder, um am dortigen Krankenhaus für Tropenkrankheiten Forschung zu betreiben. Ich hatte inzwischen Edith Morstan geheiratet, die Nichte eines Hauptmanns in meinem Regiment, und wir bezogen ein Haus nicht weit von meiner Arbeitsstätte, wo wir uns auf eine glückliche und harmonische gemeinsame Zukunft einrichteten. Ich glaube nicht, daß ich sie so liebte, wie später Jessie, aber ich wollte ihr ein guter Ehemann und Familienvater sein und war es auch, soweit es in meiner Macht stand. Bis zu jenem Zeitpunkt, Mr. Holmes, war ich ein glücklicher Mann! Das Leben hatte es von Anfang an gut mit mir gemeint, und was ich auch anrührte, geriet mir zum besten. Als Student, als Soldat, als Arzt, als Freier – immer waren meine Mühen von Erfolg gekrönt.*

Er machte eine Pause, und es schien, als blicke er auf sein Leben zurück. Etwas wie ein Lächeln spielte auf den Überbleibseln seiner Züge und verschwand.

»Aber von einem Tag auf den anderen war alles vorbei. Das Unheil ereilte mich so plötzlich und willkürlich, als hätte ich den Vorrat an Glück, der mir zugeteilt war, aufgebraucht. Es geschah so: Zwei Jahre nach meiner Hochzeit erlitt meine Frau, von deren Herzschwäche ich immer gewußt hatte, einen Anfall, der sie zum lebenden Leichnam machte. Sie konnte weder sprechen noch hören, weder sehen noch sich bewegen. Ich hatte Männer sterben und ihre Glieder im Kampf verlieren sehen, aber nie zuvor waren ich oder die Meinen von einer solchen Katastrophe heimgesucht worden. Es blieb mir nichts anderes

* Eccles' Leben ähnelt in vielem dem Watsons. Der Name seiner Frau ist besonders auffallend. Könnte Edith Morstan eine Kusine von Mrs. Watson gewesen sein?

übrig, als sie in das dem Krankenhaus zugehörende Pflegeheim einzuliefern – sie, die noch am Tag zuvor meine beste, liebste Frau gewesen war.

Zuerst besuchte ich sie jeden Tag, aber da meine Visiten von ihr nicht wahrgenommen wurden und nur dazu dienten, mir selbst das Herz zu zerreißen, verminderte ich sie und stellte sie schließlich ganz ein. Ich begnügte mich mit wöchentlichen Erkundigungen nach ihrem Zustand, der immer gleich blieb und sich weder verschlimmerte noch verbesserte. Das Gesetz schloß jede Möglichkeit einer Scheidung aus. Aber ich hatte ohnehin keinen Wunsch, mich wieder zu verheiraten. Es war das geringste meiner Probleme, während ich meiner Arbeit im Krankenhauslabor nachging.

Für eine Weile nahm mein Leben eine neue Form an, und ich begann zu hoffen, daß das Schicksal mich von nun an verschonen werde. Aber das Unheil hatte gerade erst begonnen! Mein Vater schrieb und ließ mich wissen, daß er nicht wohl sei, aber ich verschob die Heimreise, weil ich meine Frau nicht zurücklassen wollte. Und so starb er, ohne mich wiedergesehen zu haben, und mein älterer Bruder übernahm das Erbe. Nach dem Ableben meines Vaters erhielt ich einen Brief von meiner Mutter, in dem sie mich anflehte, zu kommen, aber auch diesmal weigerte ich mich, weil ich Edith nicht verlassen wollte – und bald darauf starb meine Mutter. Ich glaube, daß der doppelte Kummer sie tötete – der Tod meines Vaters und meine Weigerung, heimzukehren.

Und dann, im vergangenen Jahr, als sei alles andere ein kindisches Vorspiel gewesen, ein leichtherziger Blick auf das, was bevorstand, kam die Pest aus China. Sie fegte durch Indien wie eine Geißel Gottes und vernichtete, was ihr in den Weg kam. Millionen von Menschen fielen ihr zum Opfer. Oh, ich weiß, Sie haben es in den Zeitungen gelesen, aber es mit eigenen Augen zu sehen war etwas ganz anderes, meine Herren, das kann ich Ihnen versichern! Der asiatische Subkontinent verwandelte sich in ein einziges, gewaltiges Totenhaus mit nicht mehr als einer Handvoll Menschen, die in der Lage waren, sich mit dem Problem auseinanderzusetzen und es zu bekämpfen. In all den Jahren als Arzt hatte ich niemals etwas Ähnliches erlebt. Die Krankheit nahm zwei Formen an: die bubonische Pest, die von Ratten übertragen wurde, und die pneumonische, die die Lunge infiziert und deren Träger Menschen sind. Aufgrund meiner vorhergehenden Arbeit auf dem Gebiet infektiöser Krankheiten war ich einer der ersten fünf Ärzte, die in die von der Regierung geformte Pestkommission berufen wurden. Man übertrug mir die Forschungsarbeiten an der pneumonischen Pest, und ich begann sogleich mit der Arbeit.

In der Zwischenzeit raste die Pest durch Bombay und vernichtete Hunderttausende, aber das Unglück blieb mir treu, meine Frau widerstand der Infektionsgefahr. Mißverstehen Sie mich nicht. Ich wünschte ihr nicht, so zu sterben« – er wies mit einer schwachen Geste auf sich selbst –, »aber ich wußte, daß ihr Leben eine Bürde für sie war, und ich betete, daß sie von der Krankheit befallen und erlöst werden möge. Gott vergebe mir dieses Gebet!« rief er inbrünstig.

Er brach wieder ab, dieses Mal, um nach Atem zu ringen, und saß eine Weile keuchend und pfeifend da wie ein abscheulicher Blasebalg. Dann sammelte er Kraftreserven, die ich nicht mehr in ihm vermutet hatte, lehnte sich vor, ergriff die Karaffe und trank daraus. Er hielt sie mit unsicherer Hand, und das Wasser rann über sein Kinn in seinen offenen Kragen. Er ließ die Karaffe zu Boden fallen, wo der Teppich sie vor dem Zerbrechen bewahrte.

»Die Pestkommission beschloß, mich nach England zu

schicken«, nahm er seine Erzählung wieder auf. »Jemand mußte die Recherchen fortsetzen, während die anderen die Krankheit an Ort und Stelle bekämpften. Ich hatte einen gewissen Erfolg mit einer Jodmischung gehabt, die innerhalb von zwölf Stunden nach der Infektion angewendet werden mußte, und die Kommission wünschte, daß ich die Möglichkeiten von Impfungen mit dieser meiner Lösung untersuchte. Man kam überein, daß sich England für diese Forschungsarbeit besser eigne, da die von der Krankheit verursachten Verwüstungen die nötigen Einrichtungen und Anlagen auf ein Minimum beschränkt hatten und eine absolute Kontrolle über die Experimente erschwerten.

Dieser Beschluß kam mir keineswegs ungelegen. Im Gegenteil, er versah mein Gewissen mit einem guten Vorwand, diesen pestverseuchten Platz zu verlassen, der nichts für mich bereithielt als trübe Erinnerungen und eine Frau, die ich weder gesundmachen noch loswerden konnte. Ich hatte jahrelang erwogen, mein Leben in Indien aufzugeben, und jetzt bot sich eine legitime Gelegenheit. Alle notwendigen Vorsichtsmaßnahmen wurden ergriffen, und ich überführte Proben des pneumonischen Pest-Bazillus nach London ins St.-Bartholomews-Krankenhaus, wo man mir ein Notlabor eingerichtet hatte. Ich setzte meine Untersuchungen mit leidenschaftlichem Eifer fort. Ich studierte die Pest, ihre Ursachen und die Heilungsmöglichkeiten, wobei ich mich der Arbeiten von Shibasaburo Kitasato bediente, des Direktors des Kaiserlich-Japanischen Instituts für Infektionskrankheiten. Eine andere meiner Quellen war Alexandre Yersin, ein in der Schweiz lebender Bakteriologe. Beide hatten im vergangenen Jahr einen rutenförmigen bakteriellen Mikro-Organismus isoliert, was für meine Arbeit von großer Bedeutung war.

Ich arbeitete lange und hart, um meine eigenen Ergebnisse durch die ihren zu vervollständigen, aber wenn der Abend anbrach, konnte ich es nicht länger ertragen. Mein Geist stagnierte aus Mangel an Entspannung oder anderen Beschäftigungen. Ich kannte praktisch niemanden in London und hatte kein Bedürfnis, mit meinem Bruder zu verkehren, es war also nicht einfach für mich. Und dann hörte ich von dem Posten, der durch die Pensionierung von Dr. Lewis Spellman, dem Theaterarzt des West End, frei geworden war. Ich suchte Dr. Spellman auf und erfuhr, daß die Arbeit nicht weiter schwierig war und meinen Abenden einen angenehmen und unterhaltsamen Inhalt geben würde. Ich hatte nie Kontakt mit Theaterleuten gehabt und dachte mir, daß diese Stellung menschliche Beziehungen mit sich bringen würde, die ich in letzter Zeit so sehr entbehrt hatte.

Ich erhielt die Stelle auf Dr. Spellmans Empfehlung hin vor einigen Monaten, und mein Leben änderte sich beträchtlich. Die Arbeit war nicht gerade aufreibend, und ich hatte selten mehr als eine zur unrechten Zeit auftretende Halsentzündung zu behandeln, obwohl ich einmal zu einem Schauspieler gerufen wurde, der sich bei einem Duell den Arm gebrochen hatte. Alles in allem kontrastierte diese Arbeit stark mit der verzweifelten Suche, in die ich im Barts vertieft war. Jeden Abend reinigte ich mich gründlich mit der Jodlösung und begab mich voller Eifer auf meine Theaterrunde. Hatte ich sie absolviert, kehrte ich angenehm ermüdet und innerlich erfrischt in diese Wohnung zurück.

So kam es, daß ich Jessie Rutland traf. Es war Jahre her, seit ich mich mit einer Frau beschäftigt hatte, und ich bemerkte sie und ihre Reize nur ganz allmählich. Da das Thema nie angeschnitten wurde, erwähnte ich bei unseren Unterhaltungen weder meine Frau noch ihren

Gesundheitszustand. Später, als es von Bedeutung war, scheute ich mich, ihr etwas davon zu sagen.

So fing es an, meine Herren. Es ging äußerst korrekt zwischen uns zu, denn wir hatten uns die Tiefe unserer Gefühle nicht eingestanden und waren uns beide der Regeln bewußt, die im Savoy für die Beziehungen zwischen den Geschlechtern galten.

Aber allmählich begannen wir, einander zu lieben, Mr. Holmes. Sie war das liebenswerteste, großzügigste Geschöpf auf der Welt, liebevoll und zärtlich von Natur. Ich sah in ihrer Liebe die Rettung meiner Seele. Dann entschloß ich mich, ihr die Wahrheit über meine Ehe zu sagen. Es verursachte mir wochenlange Qualen, aber ich kam zu dem Schluß, daß ich kein Recht hatte, diese Tatsache einem Menschen vorzuenthalten, den ich so herzlich liebte, und ich sprach mir alles vom Herzen.«

Er unterbrach sich und schöpfte Atem, während das Weiße seiner Augen wie wild in den Höhlen rollte.

»Sie war zunächst außer sich, und ich glaubte meine schlimmsten Befürchtungen erfüllt. Sie weigerte sich drei Tage lang, mit mir zu sprechen, und während dieses Zeitraums glaubte ich, dem Wahnsinn zu verfallen. Ich war dem Selbstmord nahe, als sie schließlich nachgab und mir sagte, daß sie mich noch liebte. Ich kann Ihnen nicht beschreiben, was für Verzückungen dieses Bekenntnis in mir auslöste. Ich fühlte, daß mit ihr an meiner Seite und mit ihrer Liebe in meinem Herzen keine Hürde zu hoch war, ja, daß mir alles gelingen mußte!

Aber das Schicksal hielt mich immer noch in seinen Klauen. Wie in der Vergangenheit bediente es sich der Frau, die ich liebte. Ein Mann – ein Ungeheuer, sollte ich sagen – machte sich ohne mein Wissen an Jessie heran und teilte ihr mit, daß er von unserer Beziehung wisse. Er verdrehte unsere Liebe in eine schmutzige und widerwärtige Affäre. Seine giftigen Reden waren ohne Scham und ohne Gnade, und sie gab ihnen nach. Sie befriedigte seine geilen Gelüste nicht nur um ihrer selbst, sondern auch um meinetwillen, denn er hatte ihr genug Angst eingejagt, und sie sagte mir nicht, was sie getan hatte, damit wir nicht beide kompromittiert und dem Ruin ausgesetzt wurden.

Aber sie konnte ihre Gefühle nicht geheimhalten, Mr. Holmes. Das besondere Band der Intuition, das Liebenden eigen ist, hatte sich zwischen uns bereits gebildet, und ich wußte, ohne die Tatsachen zu kennen, daß etwas vorgefallen war. Unter vielen Seufzern und Tränen rang ich ihr die Geschichte ihrer Demütigung ab, nachdem ich zuvor versprochen hatte, in keinen Fall irgendwelche Schritte zu unternehmen.

Aber es war nutzlos, mir ein solches Versprechen abzunehmen! Was sie mir sagte, war so entsetzlich, daß ich es kaum für wahr halten, noch weniger ertragen konnte. Diese beiläufige und doch so vollkommene Bosheit hatte etwas so Unglaubliches, daß ich sie selbst bestätigt sehen wollte.

Ich suchte ihn in seiner Wohnung auf und sprach mit ihm –«, er hielt inne, hustete schwach und schüttelte den Kopf. »Auf allen meinen Reisen hatte ich nie einen solchen Mann getroffen. Als ich ihm sein schändliches Verhalten vorhielt, lachte er! Ja, er lachte, als er meine Vorwürfe vernahm, und sagte, ich kenne mich im Theaterleben nicht aus! Ich war durch die kolossale Unverfrorenheit so außer Fassung gebracht, daß ich ihn bat – ja, *anflehte* –, mir mein Leben, meine Welt zurückzugeben. Und er lachte immer noch, klopfte mir jovial auf die Schulter und sagte, ich sei ein guter Junge, aber ich solle mich vor Schauspielerinnen hüten, während er mich zur Wohnungstür brachte!

Die ganze Nacht durchwanderte ich Londons Straßen und verirrte mich in Gegenden, die mir unbekannt waren und die ich auch heute noch nicht nennen könnte, während ich mich zwang, meiner eigenen Verdammnis ins Auge zu sehen. Während dieser endlosen Odyssee zersprang etwas in mir, und ich wurde wahnsinnig. Es war, als hätte sich alles Unglück meines Lebens zu einer Gestalt kristallisiert, und es war die Gestalt Jonathan McCarthys. Auf seine Schultern häufte ich alle meine Unglücksfälle und Leiden – die Krankheit meiner Frau, den Tod meiner Eltern, die Pest selbst und schließlich das, wofür er wirklich verantwortlich war: die Erniedrigung der Frau, die ich liebte. Sie, das einzige in der Welt, das mir geblieben war. Sie sich in den Armen dieses bärtigen Luzifer zu denken war mehr, als Fleisch und Blut ertragen konnten, und ein grauenvoller Gedanke kam mir in den frühen Morgenstunden, während ich in der Stadt umherwankte. Er hatte ganz die perverse Logik eines echten Wahnsinns. Wenn Jonathan McCarthy Luzifer war, warum sollte ich ihn dann nicht mit der Geißel Gottes ringen lassen? Die Idee entlockte mir ein irres Kichern. Verschwunden war jede Erinnerung an Wissenschaft, Verantwortung, Arbeit; selbst die Folgen meiner fantastischen Pläne existierten nicht. Mein ganzes Sein war auf Rache gerichtet – fürchterliche, entsetzliche Vergeltung, die weder Vernunft noch Selbstbeherrschung kannte.

Es ist nicht von Bedeutung, wie ich es tat; was zählt, ist, daß ich Jonathan McCarthy der pneumonischen Pest aussetzte. Ich weiß, in was für einem Licht Sie mich jetzt sehen; ich weiß recht gut, was Sie von mir denken müssen, meine Herren – und in der Tat, als die Stunden vergingen, begann ich, mein Verbrechen in derselben Weise einzuschätzen. Kein Mensch hatte einen solchen Tod verdient. Als ich zu mir kam, wurde mir auf einmal klar, was ich getan hatte. Die entsetzlichen Kräfte, die ich entfesselt hatte, mußten eingedämmt werden, bevor sie eine in unseren Zeiten nie dagewesene Katastrophe auslösen konnten. Ganz England, möglicherweise ganz Westeuropa war durch meine Wahnsinnstat bedroht.

Meine Rückkehr zur Vernunft dauerte etwa zwölf Stunden. Danach eilte ich zu McCarthys Wohnung, um ihn zu warnen und ihm zu helfen, soweit es mir möglich war, aber ich fand ihn nicht vor. Vergebens durchsuchte ich ganz London nach dem Mann, forschte in allen Theatern und Restaurants, in denen die literarische Welt verkehrte. Niemand hatte ihn gesehen. Ich hinterließ schließlich eine Nachricht in seiner Wohnung, und er ließ mich wissen, daß er mich abends empfangen könne. Mir blieb nichts übrig, als darauf zu warten, während jede Stunde ihn meiner Macht entzog, ihn zu retten, und die Gefahr für den Rest der Welt erhöhte. Ich hatte inzwischen die orale Einnahme meiner Jodtinktur möglich gemacht, aber es war immer noch notwendig, sie innerhalb der ersten zwölf Stunden zu nehmen.

Ich traf ihn an diesem Abend zu Hause an, wie er versprochen hatte, und unterrichtete ihn in zaudernden, aber dringlichen Worten von meiner Tat.«

Eccles begann wieder zu husten und große Mengen Blut zu speien, während wir starr vor Entsetzen zusahen, die Taschentücher immer noch vor Mund und Nase gepreßt, um dem Gestank von Karbol und Verwesung zu entgehen. Er fiel erschöpft in seinen Sessel zurück, und jeder Atemzug schien ihm mehr Qual zu verursachen. Wenn nicht das Atemgeräusch gewesen wäre, hätten wir ihn für tot gehalten.

Als er wieder zu sprechen begann, klangen die Worte verschwommen, als ob seine verbleibenden Muskeln sie nicht zu formen vermochten: »Er lachte mich *wieder* aus!

Oh, er wußte, worin meine wahre Arbeit bestand, aber er hielt mich einer solchen Tat nicht für fähig. Er nannte mich Jack Point und lachte, als ich versuchte, ihm meine Jodtinktur, mit ein wenig Kognak vermischt, einzuflößen. ›Wenn ich infiziert bin‹, kicherte er, ›dann machen Sie sich nur schleunigst auf den Weg zu Miss Rutland mit Ihrem Gebräu. Ihr muß es noch viel schlechter gehen!‹ Er brach in erneutes Gelächter aus, lange und herzlich, bis mir klar wurde, warum es mir während der vergangenen zwölf Stunden nicht gelungen war, ihn zu finden. Und *als* ich es begriff, begriff, daß unser beider Handlungen uns alle drei verdammt hatten – und vielleicht Millionen mehr! –, da griff ich nach dem Brieföffner auf seinem Schreibtisch und erstach ihn.«

Er seufzte mit dem Geräusch einer Kesselpauke, und ich wußte daß der Sand in seiner Uhr im Begriff war, zu verrinnen.

»Von da an rollten die Ereignisse mit der absehbaren Präzision einer Maschinerie ab, die zur Selbstzerstörung gebaut war. Jessie war nicht zu retten. Meine Medizin würde wirkungslos sein, bevor ich zu ihr gelangen konnte. Die einzige Frage war, ob ich ihre Leiden vermindern konnte. Ich wartete in ihrer Garderobe auf sie und schickte sie in den Tod, als sie mir in die Arme fiel. Ich tat es so barmherzig wie möglich –«, Tränen rannen jetzt, zusammen mit der eitrigen Flüssigkeit, Eccles' Wangen hinunter –, »und dann ging ich zum Hauptportal des Theaters und trat ein, als machte ich meine Abendrunde. Starr vor Entsetzen, wie ich es wirklich war, führte ich die Autopsie an der Frau durch, die ich soeben selbst ermordet hatte während das blutbefleckte Skalpell unter Ihrer Nase in meiner Tasche lag.«

Er bedeckte sein Gesicht mit geschwollenen, schwarzen Händen, die jetzt Klauen glichen, und schien unfähig fortzufahren. Nicht nur seine Krankheit, sondern auch seinen eigenen Emotionen hinderten ihn daran.

Sherlock Holmes, der das erkannte, sagte leise: »Wenn es Ihnen schwerfällt, zu sprechen, Doktor, dann lassen Sie mich die Erzählung fortsetzen, soweit ich sie kenne. Sie brauchen nur ›ja‹ oder ›nein‹ zu sagen oder den Kopf zu schütteln, wenn Sie das vorziehen. Sind Sie damit einverstanden?«

»Ja.«

»Gut.« Holmes sprach langsam und klar, so daß Eccles jedes Wort verstehen konnte, bevor er antwortete. »Als Sie ins Theater kamen, um die Autopsie auszuführen, fanden Sie Dr. Watson und mich in der Garderobe, der Infektion ausgesetzt. Sie mußten aus unserer Anwesenheit schließen, daß wir bereits in den Fall verwickelt waren.«

»Ja.«

»Mr. Gilbert und Mr. D'Oyly Carte blieben während der Untersuchung draußen; daher waren sie nicht gefährdet, aber Watson und ich waren demselben Risiko ausgesetzt wie Sie. Sie hörten mich sagen, daß wir zu Simpson's gehen würden, und folgten uns.«

»Ja.«

»Während Sie uns durchs Fenster beobachteten, stellten Sie fest, daß ein dritter Mann zu uns stieß –«, er zeigte auf Shaw, aber Eccles, dessen Augen jetzt geschlossen waren, konnte ihn nicht sehen –, »und da Sie kein Risiko eingehen wollten, gaben Sie auch ihm die Medizin zu trinken. Daß wir einer nach dem anderen das Restaurant verließen, vereinfachte Ihre Aufgabe.«

»Ja. Ich wollte niemanden töten.«

»Nicht noch jemanden«, verbesserte der Detektiv streng.

»Ja.«

»Dann schickten Sie uns einen Brief und warnten uns vor dem Strand.«

»Ich wußte nicht, wie ich Sie sonst davon abhalten sollte«, röchelte Eccles, wobei er sich bemühte, seine Augen zu öffnen und seinen Beichtvater anzusehen. »Mir blieb nur die Drohung. Ich hätte niemals gehandelt.«

»Solange wir uns der Pest nicht aussetzten. In Brownlows Fall, der das tat, hatten Sie keine Wahl.«

»Keine Wahl. Sein Beruf war sein Tod, denn ich wußte, daß er mein Geheimnis enthüllen würde. Als Militärarzt wußte ich, daß nur er direkten Kontakt mit der Leiche haben konnte, und ich rechnete damit, daß er sich um die Assistenten und Leichenträger kümmern würde. Mir selbst wäre das niemals möglich gewesen. Aber er beruhigte mich, was das betraf. Und wir scheuerten zusammen das Labor.«

»Und Sie verließen es zusammen?«

Er nickte, und sein Kopf schwankte wie der eines Betäubten. »Ich wußte, daß er die anderen zwingen würde, sich zu desinfizieren und dann zu gehen, sobald er die Symptome der Pest erkannt hatte. Meine Zeit lief auch aus. Ich begann bereits, mich in dies hier zu verwandeln.« Er wies mit einer seiner Klauen auf sich selbst. »Ich schlich mich von hinten an das Labor und sprach durch die Tür zu ihm. Ich sagte, daß ich von seiner Not wüßte und ihm helfen könnte.«

»Sie halfen ihm, ins Jenseits zu gelangen.«

Eccles regte sich nicht, sondern saß wie eine groteske Statue aus schimmeligem Lehm. Plötzlich begann er zu schluchzen, zu keuchen und zu schreien. Er versuchte, aus dem Sessel hochzukommen, und hielt sich krampfhaft den Unterleib.

»Oh, Gott erbarme sich ihrer Seelen!« Er öffnete noch einmal den Mund, als wolle er noch etwas sagen, dann sank er langsam in sich zusammen wie ein Häufchen Asche. Es war still im Zimmer, während das Morgenlicht durch die Vorhänge drang, als wolle es das Ende eines Alptraums verkünden.

»Er hat für *sie* gebetet«, murmelte Shaw, der das Taschentuch noch immer vor das Gesicht hielt. »Die Menschheit überrascht mich zuweilen in einer Weise, der meine Philosophie nicht gewachsen ist.« Er sprach mit unsicherer Stimme und lehnte sich gegen den Türrahmen, als sei er einer Ohnmacht nahe.

»In nomine Patris et Filii et Spiritus Sancti«, sagte Sherlock Holmes und machte das Zeichen des Kreuzes in der verseuchten Luft. »Hat irgend jemand ein Streichholz?«

Und so kam es, daß in den frühen Morgenstunden des 3. März 1895 in Nummer 33 Wyndham Place, Marylebone, ein Feuer ausbrach und sich mit den rosenfarbenen und goldgeränderten Flammen der Morgensonne mischte. Als die Feuerwehr eintraf, war das Haus beinahe gänzlich eingeäschert und die Leiche des alleinigen Bewohners bis zur Unkenntlichkeit verbrannt. Sherlock Holmes hatte sie mit Kerosin übergossen, bevor er das Haus verließ und einem neuen Tag entgegenging.

# Epilog

Achmet Singh kam durch die enge Zelle auf Sherlock Holmes zu und blinzelte ihn durch seine dicke Brille an.

»Man sagt mir, ich sei frei.«

»Das sind Sie auch.«

»Habe ich Ihnen das zu verdanken?«

»Die Wahrheit hat Ihnen die Freiheit wiedergegeben, Achmet Singh. Es gibt noch einigen Respekt für sie in dieser wirren Welt.«

»Und Miss Rutlands Mörder?«

»Gott hat ihn härter gestraft, als ein Gericht ihn hätte strafen können.«

»Ich verstehe.« Der Parse zögerte, dann fiel er mit lautem Schluchzen auf die Knie, ergriff die Hand des Detektivs und küßte sie.

»Sherlock Holmes – mein Befreier, ich danke Ihnen aus tiefstem Herzen!«

Er hatte allerdings Grund genug zur Dankbarkeit, wenn er auch nie erfahren würde, *wie* viel. Es war eine der schwierigsten Aufgaben in Holmes' langer und erstaunlicher Laufbahn gewesen, seine Entlassung aus dem Gefängnis und die Einstellung des Verfahrens gegen ihn zu erwirken. Es bedeutete, daß er Inspector Lestrade öffentlich bloßstellen mußte – etwas, das er sich immer bemüht hatte, zu vermeiden –, und zwar mit vollem Wissen und Einverständnis des letzteren, der zunächst absolute Verschwiegenheit zusagen mußte und dann hinter der verschlossenen Tür seines Büros die gesamte Wahrheit erfuhr. Sie saßen dort über eine Stunde zusammen, und der Detektiv erklärte ihm die möglichen Folgen des Geschehens und die Notwendigkeit der Geheimhaltung, da die unvermeidliche Panik schlimmer sein würde als die Pest selbst. Es gelang dem Detektiv, jeden Hinweis auf Sergeant Hopkins' nächtliche Initiative zu vermeiden, und der Inspektor, der von anderen Zügen des bizarren Falles abgelenkt war, kam nie auf den Gedanken, Holmes zu fragen, wie er von dem Verschwinden Mr. Brownlows mitsamt den Leichen gehört hatte.

Dann verbrachten wir eine sorgenvolle Woche in der bangen Erwartung, ob Benjamin Eccles auch wirklich seine Mission ausgeführt und alle von der pneumonischen Pest Befallenen getötet und ihre Leichen beseitigt hatte. Eine Zeitlang bestand die Frage, ob alle Mitglieder des Savoy-Chors gesund seien, und sowohl Gilbert wie D'Oyly Carte wurden aufgefordert, sich einer gründlichen ärztlichen Untersuchung zu unterziehen, die zum Glück keine Spur einer Krankheit zutage förderte.

Bernard Shaw arbeitete, wie man weiß, weiterhin als Kritiker, blieb aber seinem Versprechen treu und fuhr fort,

Stücke zu schreiben, bis sie ihn berühmt und reich machten. Seine sonderbaren Ansichten über soziale Reform und persönlichen Besitz behielt er bei, solange wir ihn kannten. Er und der Detektiv erhielten bis zum Ende ihre exzentrische Freundschaft aufrecht. Sie sahen einander weniger, je gefragter Shaw wurde, aber sie pflegten eine lebhafte Korrespondenz, die sich zum Teil in meinem Besitz befindet und der der folgende Telegrammwechsel entnommen ist:

*An Sherlock Holmes:*
*Beiliegend zwei Karten für die Premiere meines neuen Stückes* Pygmalion. *Bringen Sie einen Freund mit, falls Sie einen haben.*
*G. B. S.*

*An Bernard Shaw: Kann der Premiere von* Pygmalion *nicht beiwohnen. Werde zweite Aufführung besuchen, falls eine stattfindet. Holmes**

Holmes und ich kehrten später am Tag in die Baker Street zurück. Es war uns, als kämen wir vom Mond zurück, so lange waren wir fortgewesen. Und so außergewöhnlich waren die Erfahrungen, die wir gemacht hatten. Die letzten Tage schienen wie Äonen.

Einen Tag lang saßen wir herum wie Automaten und waren, wie ich glaube, nicht in der Lage, die schrecklichen Ereignisse zu verarbeiten, in die wir verwickelt gewesen waren. Dann nahmen wir nach und nach unser gewöhnliches Leben wieder auf. Ein neuer Sturm blies vor den Fenstern, und Holmes vertiefte sich in seine che-

* Dieser Austausch ist jahrelang irrtümlich Shaw und Winston Churchill zugeschrieben worden.

mischen Experimente. Schließlich nahm er auch die Notizen über englische Charten wieder zur Hand.

Etwa einen Monat später warf er eines Morgens beim Frühstück die Zeitung hin und sah mich über den Tisch weg an. »Wir müssen unbedingt nach Cambridge*, Watson, oder ich werde mit meinen Recherchen nie etwas erreichen. Wie wäre es mit morgen?«

Er ging in sein Schlafzimmer und überließ mich meinem Kaffee und der Zeitung, der ich seinen Grund für eine so plötzliche Abreise entnahm.

Es wurde die Vermutung nahegelegt, daß Oscar Wilde binnen kurzem wegen eines Vergehens gegen den ›Criminal Law Amendment Act‹ von 1885 angeklagt werden würde. Wildes Name brachte Erinnerungen an unsere Abenteuer im vergangenen Monat zurück.**

Ich folgte Holmes in sein Zimmer, die Zeitung in der Hand und eine Frage auf den Lippen, die mir vorher nicht in den Sinn gekommen war. »Holmes, es ist etwas an Dr. Benjamin Eccles, das ich nicht begreifen kann.«

»Eine ganze Menge, sollte ich meinen. Er war ein komplizierter Mensch. Wie ich schon immer gesagt habe, Watson, der Arzt ist der klassische Verbrecher. Er hat Ver-

* Was Einzelheiten von Holmes' Erfahrungen in Cambridge angeht, so wird dem Leser empfohlen, den *Fall der drei Studenten* nachzulesen. Baring-Gould zufolge begann dieser Fall am 5. April 1895, gleich nachdem die Nachrichten über Wilde in den Zeitungen erschienen waren. Diese auffallende Übereinstimmung der Daten trägt meiner Meinung nach viel dazu bei, die Authentizität der *Theatermorde* nachzuweisen. Dazu kommt, daß Holmes in Cambridge keine besonders gute Arbeit leistete, was einleuchtet, wenn wir bedenken, daß er noch unter emotionalem Streß litt.

** Wilde wurde am 6. April 1895 angeklagt. Der erste Prozeß endete am 1. Mai. Die Jury war unentschieden. Am 20. Mai begann ein zweiter Prozeß, und am 25. Mai 1895 wurde Wilde für schuldig befunden und zu zwei Jahren Gefängnis mit Zwangsarbeit verurteilt.

stand, und er hat Wissen; und wenn er sie pervertiert, sind die Möglichkeiten, Unheil anzurichten, groß. Würden Sie mir diese braune Krawatte reichen? Danke.«

»Warum hat er dann nicht seinen eigenen Tod verhindert?« fragte ich. »Hätte er seine eigene Medizin mit dem Eifer eingenommen, mit dem er sie anderen aufdrängte, dann hätte er überleben können.«

Mein Freund machte eine Pause, bevor er mir antwortete, nahm ein Stück Kohle von Feuer und zündete seine Pfeife damit an. »Wir werden wohl nie die Wahrheit erfahren. Es kann sein, daß er die Medizin bereits lange eingenommen hatte und daß ihre Heilkraft für ihn deshalb erschöpft war. Es kann aber auch sein, daß er nicht weiterleben wollte. Manche Menschen sind nicht nur Mörder, sondern auch Richter, Geschworene und ihre eigenen Henker, und sie strafen sich selbst weit härter, als ihre Mitmenschen es tun würden.« Er richtete sich von seinen Schnürsenkeln auf. »Was denken Sie, ist es zu früh für ein Glas Sherry und etwas Gebäck?«

**ENDE**

H

W

# NACHWORT

Wieder einmal bleibt mir die angenehme Pflicht, einer Reihe von Personen für Hilfe, Inspiration, Ermutigung und Kritik bei der Erstellung des Manuskripts von *Sherlock Holmes und die Theatermorde* zu danken.

Vor allem hätte dieses Buch ohne das Genie Arthur Conan Doyles niemals entstehen können. Ohne seine unsterblichen Schöpfungen, Sherlock Holmes und Dr. Watson, wäre diese Erzählung nicht denkbar. Es ist ein Tribut an die außerordentliche Popularität von Doyles Charakteren, daß so viele Menschen Geschichten über sie lesen wollen, obwohl ihr Schöpfer nicht mehr lebt.

Direkt nach Conan Doyle muß ich mit Dankbarkeit der Hilfe und Inspiration gedenken, die mir die Werke W. S. Baring-Goulds gespendet haben, dessen Holmessche Chronologie ich mit Freuden akzeptiere und dessen Theorien ich nach wie vor reizvoll und anregend finde.

Die hervorragendste lebende Autorität, was Sherlock Holmes und seine Welt betrifft, ist wohl Mr. Michael Harrison, dessen Bücher zu dem Thema ich zu meinem Vorteil studiert habe und dessen Bekanntschaft ich zu meiner Freude machen konnte. Mr. Harrison erbot sich großzügigerweise, das Manuskript durchzusehen und mich wissen zu lassen, wo ich mich irrte und wo ich zu weit ging, zwei Fehler, in die ich leicht verfalle. Er versah mich mit zahllosen Kommentaren und Vorschlägen, die alle dazu dienten, literarische und historische Authentizität herzustellen, und die ich fast alle ohne zu zögern übernahm. Sollte das Buch hier und da nicht präzise sein, darf die Schuld nicht Mr. Harrison zugeschoben werden; mein eigenes trotziges Beharren auf dem einen oder anderen Punkt ist die Ursache. Dank gebührt auch Mr. Michael Holroyd, der meine Aufmerksamkeit auf mehrere wichtige Fragen im Text lenkte.

Außer diesen vier Personen ist die Liste angefüllt mit Freunden und kritischen Beratern, manche von ihnen Holmes-Enthusiasten, andere allgemein literarisch interessiert. Ich danke – in willkürlicher Reihenfolge – Craig Fisher, Michael und Constance Pressman, Bob Bookman, Leni Kreitman, Brooke Hopper, Ulu Grossbard, Michael Scheff, Jon Brauer und Miss Julie Leff, die sich mit einer Menge Unfug herumgeschlagen hat. Mein Vater muß dies allerdings schon seit sehr viel längerer Zeit tun, und auch er verdient an dieser Stelle Dank.

Zusätzlich zu denen, die literarischen Beistand leisteten, möchte ich Herb Ross danken, der mit mir an der Filmfassung von ›*Sherlock Holmes und der Fall Sigmund Freud*‹* arbeitete und der mein Interesse an Sherlock

* Dieser Film lief in Deutschland unter dem Titel: *Kein Koks für Sherlock Holmes*. (Anmerkung des Bearbeiters)

Holmes sehr viel länger lebendig erhielt, als ich für möglich gehalten hätte; meinen Rechtsanwälten Tom Pollock, Andy Rigrod und Jake Bloom, deren Beiträge zu dem Buch nicht unterschätzt werden dürfen; und meinem Herausgeber, Juris Jurjevics, der ein so guter Zuhörer ist.

**Band 13 596**

**Nicholas Meyer**

## Sherlock Holmes und das Phantom der Oper

**Deutsche Erstveröffentlichung**

Wir schreiben das Jahr 1891. Unerklärliche Dinge geschehen an der Pariser Oper. Erpresserbriefe tauchen scheinbar aus dem Nichts auf, Unfälle geschehen, und schließlich wird eine Leiche gefunden. Das Phantom der Oper treibt sein Unwesen! Doch unter den Geigern im Orchester sitzt ein Mann, dessen Fähigkeiten dem unsichtbaren Gespenst ebenbürtig sind: Sherlock Holmes. Eine abenteuerliche Jagd über nächtliche Friedhöfe und durch die weitläufigen Katakomben von Paris nimmt ihren Anfang.

BASTEI LÜBBE

**Sie erhalten diesen Band im Buchhandel, bei Ihrem Zeitschriftenhändler sowie im Bahnhofsbuchhandel.**

**Band 13 648**

**Nicholas Meyer**

**Sherlock Holmes und der Fall Sigmund Freud**

Als Sherlock Holmes eine weltweite Invasion von Austern befürchtet, weiß der treue Watson, was er zu tun hat: Er schickt Holmes nach Wien zu dem berühmten Psychoanalytiker Sigmund Freud, der ihn von seiner Rauschgiftabhängigkeit heilen soll. Was dabei aus Holmes' Vergangenheit zutage tritt, ist wahrhaft aufsehenerregend und erklärt viele seiner Eigenheiten. Doch bleibt es nicht bei einem harmlosen Kuraufenthalt: Holmes, Watson und Freud müssen sich zu einem denkwürdigen Trio zusammentun, um die Entführung einer Dame aus höchsten Gesellschaftskreisen zu klären . . .

BASTEI LÜBBE

**Sie erhalten diesen Band im Buchhandel, bei Ihrem Zeitschriftenhändler sowie im Bahnhofsbuchhandel.**

**Band 13 702**

**Annegrit Arens**

**Der nächste Mann ist auch nicht anders**

**Deutsche Erstveröffentlichung**

Lisa träumt von einer Traumhochzeit. Eine Ohrfeige bringt sie ans Ziel, das Traumkind gibt es gleich im Doppelpack, die Männer auch. Lisa testet an: Arzt mit Mexiko-Tick oder trinkfreudiger Pop-Star? – Die Geschichte endet, wie sie begann mit einer saftigen Ohrfeige. Akteurin ist beide Male Lisa. Sie weiß jetzt, wie Frau die Fesseln des Alltags sprengt. Die Träumerin wird zur Traum-Frau mit Bodenhaftung

Annegrit Arens lebt mit ihren vier Söhnen in Köln. Sie sagt über sich selbst: »Ich schreibe moderne Märchen, die dem Alltag täuschend ähneln«. Zur Zeit arbeitet sie an ihrem fünften Roman.

BASTEI LÜBBE

**Sie erhalten diesen Band im Buchhandel, bei Ihrem Zeitschriftenhändler sowie im Bahnhofsbuchhandel.**